www.tredition.de

AF217626

Hans - Jürgen Ehritt

# Mein gerader Weg

Eine persönliche Abrechnung

www.tredition.de

Verlag und Druck:
tredition GmbH, Halenreie 40-44, 22359 Hamburg


ISBN
Paperback:       978-3-347-23214-3
Hardcover:       978-3-347-23971-5

# Inhaltsverzeichnis

**Vorwort**

Autobiographien werden vor allem von berühmten Menschen geschrieben. Manche Rückschauen auf das Leben stammen von Menschen, die kaum die 30 überschritten haben.

Warum ich mich als nicht VIP ebenfalls entschlossen habe eine Biographie zu schreiben, hat gleich zwei Gründe. Geboren wurde ich in der Sowjetischen Besatzungszone. Aufgewachsen bin ich in der DDR und habe in dieser Zeit meine Familie gegründet. „Der gerade Weg" kling so nach einfach immer ohne Probleme gerade aus. Aber solche Wege führen oft an tiefen Abgründen vorbei. Führen steil nach oben oder gehen steil bergab. Oft ist es einfacher einen Umweg zu machen. Aber das wollte ich nie.

Trotzdem hätte ich wahrscheinlich nie eine Biographie veröffentlich, wenn mein Bruder sich nicht so ausführlich in seinem Buch über mich beklagt hätte.

Ich hoffe, dass mein Buch auch dazu beiträgt, dass man die Zeit nach dem zweiten Weltkrieg bis in die zwanziger Jahre des aktuellen Jahrtausends mal aus einem anderen Blickwinkel sieht.

Natürlich habe ich auch viele Fehler gemacht. Denn nur an Fehlern lernt man. Ich musste oft lernen. Da ich, um Fehler zu vermeiden, oft etwas zögerlich bin, hat das viele Menschen bewogen, mich zu unterschätzen. Habe ich eine Entscheidung getroffen, verfolge ich diese konsequent. Leider sind ausgerechnet mein Bruder und seine Frau die, die absolut nicht begriffen haben, dass man nur auf seine eigene Leistung stolz sein kann. Ererbtes verpflichtet nur zur Dankbarkeit, hat aber nichts mit eigener besonderer Leistung zu tun.

# Das weiß ich nur aus Erzählungen

## Mein Vater

Beginnen möchte ich mit meinem Vater. Geboren ist er in der zweiten Hälfte der zwanziger Jahre des letzten Jahrhunderts. Zur Machtübernahme der Nationalsozialisten war er reif für die Schule und wurde entsprechend erzogen. Unterstützt von seinem Vater, meinem Großvater, der, als kleiner Handwerker, begeistert von der neuen Zeit war. Früh reifte in meinem Vater der Wunsch Flieger bei der Luftwaffe zu werden. Er lernte fleißig, nicht nur die Propaganda der Nationalsozialisten, auch das, was man im normalen Leben braucht. Sein Schwager, der Mann seiner älteren Schwester, war bereits Flieger. Sein Wunsch zur Armee zu kommen, kam früher als er erwartet hatte. Nicht mal 16 Jahre alt durfte er als Flakhelfer für Führer, Volk und Vaterland um den Endsieg kämpfen. Er lernte auf diese Weise diverse Fronten kennen. Ein Ereignis hat sich bei ihm besonders eingeprägt. Bei einem Einsatz in Berlin Malchow lag er mit einem älteren Soldaten aus Berlin im Schützengraben. Der Sohn diese Soldaten hatte herausbekommen, wo sein Vater war und besuchte ihn im Malchow. Kaum, dass er seinen Vater gefunden hatte, traf ihn eine Kugel tödlich. Das muss wirklich fürchterlich gewesen sein. Aber auch sein Schwager kam bei einem Luftkampf ums Leben. In Erinnerung daran hatte mein Vater ein Geschoß vom Kaliber im Nachttisch, das sein großes Vorbild umbrachte.

Mein Vater entkam allen diesen Schlachten, vor allem durch einen höheren Offizier, der ihn unter seine Fittiche nahm und ihm half, sich nach Westen abzusetzen. Eigentlich wollte er unbedingt in amerikanische Gefangenschaft. Es hatte sich das Gerücht verbreitet, das es bei den Amerikanern etwas zu essen gab. Er landete in britischer Gefangenschaft. Er berichtete oft, wie er von britischen Soldaten bewacht wurde, die kaum älter waren, als er selbst. Und vor allem berichtete er, dass die Kriegsgefangenen hungerten und unter Parasiten litten, aber die Bewacher auch. Die Brieten waren, im Rahmen der Möglichkeiten, fair. Anders die Amerikaner, die schossen gern und oft einfach wahllos nachts in die Gefangenenlager. So starben noch viele, die den Krieg bis dahin unbeschadet überstanden hatten und nun doch noch ihr Leben verloren.

Durch das Hungern und sicher auch durch den Stress im Krieg litt mein Vater viele Jahre unter Magengeschwüren.

Noch vor seinem 18. Geburtstag wurde er in Norddeutschland entlassen und fand auch dort die Möglichkeit eine Lehre im Beruf seiner Vorfahren zu beginnen. Dann kam der harte Winter 1947. Noch im März führte die Oder Eis. Soviel Eis, das die Zerschossenen und von Gräben zerfurchten Deiche nicht mehr standhielten. Das Haus meiner Großeltern, sein Elternhaus, stand bis zu den Türstürzen unter Wasser. Also ging es zurück in die alte Heimat.

Nach dem das Wasser zurückgegangen war blieb viel Arbeit zurück. Das Trocknen des Hauses, der Möbel und Gegenstände erforderte Geduld und viel Arbeit, sowie möglichst viel Heizmaterial. Und dabei passierte es dann. Beim Sägen des benötigten Brennholzes rissen zwei Zähne der alten Kreissäge und schlugen in seine linke Brust ein. Lebensgefährlich verletzt landete er im Krankenhaus.

## Meine Mutter

Geboren wurde meine Mutter Ende der zwanziger Jahre des letzten Jahrhunderts jenseits der Oder, als 10. von 11 Kindern. Sie wuchs mit ihren Geschwistern in einem kleinen Dorf auf. Als sie zur Schule kam, waren die Nationalsozialisten an der Macht und sie wurde zu einer glühenden Anhängerin erzogen. Sehr zum Verdruss meines Großvaters. Als Wende war er im Nazistaat nicht sehr angesehen. Außerdem hatte er wohl sehr früh das Gefühl, das Hitler nichts Gutes bringen wird. Man ließ ihn in Ruhe, da alle seine Kinder für die Nationalsozialisten waren, allerdings mit schlimmen Folgen. Zwei seiner ältesten Söhne sind als Soldaten in Russland, damals Sowjetunion, vermisst. D.h. er hatte nicht einmal die Gewissheit über das Schicksal seiner Kinder. Auch unter den Mädchen forderte der Krieg Verluste. Auch meine Mutter erkrankte schwer auf der Flucht an Typhus. Aber der Überlebenswille war groß und so überstand sie diese schwere körperliche Krise.

Als die Lage im Nachkriegsdeutschland sich etwas beruhigte, kehrte der Rest der Familie meiner Mutter in eine kleine Stadt, dem Geburtsort meines Vaters, diesseits der Oder zurück und hofften darauf bald wieder in ihr Haus auf ihrem Grundstück zu ziehen. Die alte Heimat hatten die Alliierten aber schon als Ausgleich für die, durch die Russen im Osten den Polen geraubten Gebiete, zugewiesen. Aus der Traum vom Leben auf der eigenen Scholle.

## Die Großväter

Nun saßen sie beide in einer Kneipe und spülten ihren Frust runter. Der eine enttäuscht, weil er den Nationalsozialisten geglaubt hat und die erhoffte goldene Zukunft in der totalen Katastrophe endete. Der andere, obwohl er Gegner des Hitler Regimes war, hatte er nicht nur sein Haus und Hof, sondern auch zwei Söhne im Russland Feldzug verloren. Weitere Kinder starben auf der Flucht.

Und so saßen sie beide Tage für Tag da und kamen sich mit jedem Schnaps näher. Und so konnte der eine berichten, dass sein Sohn gerade schwer verletzt im Krankenhaus liegt. Der andere stellte fest, dass er eine Tochter passenden Alters hatte und die Dinge nahmen ihren Lauf. Meine Mutter besuchte meinen Vater im Krankenhaus und die jungen Leute fanden Gefallen aneinander. In einer kalten Nacht Ende Oktober muss es dann passiert sein – sie haben zu heftig gekuschelt und es passierte das, was die Natur für solche Fälle vorgesehen hat – der Grundstein für meine Existenz wurde gelegt. Natürlich hielt sich die Begeisterung in Grenzen. Die Zeiten waren sehr schlecht, meine Eltern waren noch sehr jung. Eine Abtreibung kam, nach dem alle Hausmittel versagt hatten, für meine Mutter trotzdem nicht in Frage. Und so begann man sehr schnell die Hochzeit vorzubereiten. Wie meine Großeltern das geschafft haben, ist mir bis heute ein Rätsel, aber es soll ein rauschendes Fest gewesen sein.

Es muss damals ohnehin eine sehr fruchtbare Zeit gewesen sein. Meine Cousine, mit der ich wie Bruder und Schwester aufwuchs, ein Cousin und einer meiner besten Freunde kamen rund um meine Geburt auch zur Welt. Wir kamen zwar alle noch gemeinsam in die Schule, aber eine Familie nach der anderen verließen das gelobte Land DDR. Natürlich schworen wir uns, dass wir weiter zusammenhalten werden. Aber die Zeit verging und die Alltagsprobleme, Ost wie West, gewannen Oberhand. Nach dem Fall der Mauer mussten wir erst einmal selbst Fuß fassen. Als das gelungen war, stellten die ehemaligen Freunde fest, dass wir eine eigene Biografie und entsprechendes Selbstbewusstsein hatten. Das gefiel nicht und so verlor sich die Freundschaft ein zweites Mal.

**Der Kronprinz ist da**

Das heißt, so schnell ging es dann doch nicht. Bereits am Sonnabend setzten die Wehen ein, nur ich wollte nicht raus. So musste sich meine Mutter bis Montagvormittag quälen. Und dann der erste kräftige Schrei, ich, der Kronprinz, war auf der Welt. Meine Großeltern überschlugen sich. Vom Schwarzmarkt wurden die ersten Strampler besorgt. Einer der Großväter legte sich besonders ins Zeug und beschaffte sogar Kakao für mich. Auch ein „standesgemäßer" Kinderwagen wurde besorgt. Den mochte ich übrigens sehr und verließ ihn erst mit zwei Jahren. Auch die Taufe verlief entsprechend. Neben einem doppelten Rufnamen erhielt ich auch noch die Vornamen meiner Großväter. Von meinen Paten erhielt ich, sozusagen Standesgemäß, silberne Löffel. Alles schien perfekt. Leider nicht lange. Ich war gerade einmal zwei Jahre, da zerstritten sich meine Mutter und ihre Schwiegereltern. Es muss einen ziemlichen Tumult gegeben haben, denn meine Eltern zogen aus und mein Vater baute sich eine eigene Existenz auf. An mir ging das Ganze auch nicht spurlos vorbei.

Mein Vater war Linkshänder und ich hatte es scheinbar geerbt. Ich bekam fortan nur noch etwas, wenn ich das „schöne" Händchen, das rechte, benutzte. Dadurch habe ich heute eine geschickte rechte Hand und eine nicht ungeschickte linke. Der Rest des Körpers hat allerdings diese Umerziehung nicht nachvollzogen.

Ein Ritual blieb jedoch erhalten, bis die Eltern meines Vaters zu uns zogen. Wenn Sonntagvormittag der Hof gefegt war, startete nach dem Essen immer das gleiche Ritual. Alle zogen sich fein an und es ging zum Kaffeetrinken zu meinen Großeltern väterlicherseits. Dort saß dann die ganze Familie zusammen und unterhielten sich. Es wurden auch immer die gleichen Witze über Omas Kaffee gemacht, z.B.: „Hast Du nur den Schatten einer Bohne zum aufgießen des kochenden Wassers verwendet oder war es der dritte Aufguss von drei Bohnen ?". Das änderte sich erst als meine Tante, die ältere Schwester meines Vaters in den Westen abgehauen war und nun regelmäßig Pakete mit den ersehnten Köstlichkeiten schickte.

**Der Neubeginn**

Mein Vater fand einen Betrieb, den er übernehmen und weiterführen konnte. In diesem Betrieb gab es einen Hängeboden, den ich zugewiesen bekam. Außerdem bekam ich einen Handfeger in die Hand und hatte damit von klein auf meine eigene Welt. Das Leben entwickelte sich positiv und verlief mehr und mehr in den alten Bahnen, aber stets aufwärts. Ich hatte meine kleine Welt, die nur für mich da war und für die ich auch sorgen musste, sprich, wenn putzen angesagt war, und das war jeden Sonnabend, musste ich auch selber putzen. Leider entwickelte sich das Putzen im Laufe der Jahre und weitete sich immer weiter aus. Aber dazu später.

Neben seinem Handwerk baute mein Vater auch noch eine kleine Landwirtschaft auf. Erst ein paar Enten und Hühner, dann kamen ein paar Schweine dazu Auch das entwickelte sich im Laufe der Jahre exzessiv. Damals störte es mich noch nicht. Paste doch alles irgendwie in meine Welt. Aber die Welt entwickelte sich weiter. Die Kommunisten machten immer mehr Druck auf die kleinen Handwerker und Bauern. Alles privatwirtschaftliche Engagement schien ihnen suspekt zu sein. Aber noch betraf es mich nicht. Meine kleine Welt war in Ordnung und hatte scheinbar überhaupt keinen Schönheitsfehler.

**Ein Geschwisterkind muss her**

Meine Mutter wollte unbedingt ein zweites Kind und es sollte unbedingt eine Tochter werden. 1953 im Mai buchten meine Eltern einen Urlaub in Schierke in dem dortigen alten Handwerkerheim. Für mich war das eine tolle Zeit. Meine Eltern hatten den ganzen Tag Zeit für mich und wenn nicht, hatte ich Narrenfreiheit. Besonders angetan hatten es mir die Schnarcher Klippen. Ich konnte mich über diesen Namen nicht genug wundern und die gelieferten Erklärungen kamen mir alle nicht plausibel vor. Faszinierend fand ich auch, dass auf dem Brocken zwischen den großen Felsbrocken noch Eis existierte. Vor allem, da es schon Ende Mai war und rund herum alles grünte und blühte.

Um es kurz zu machen, die Versuche meiner Eltern blieben fruchtlos.

Der Wunsch blieb und war sicher eher noch etwas stärker geworden. Also erfolgte im Jahr darauf ein weiterer Versuch. Meine Mutter und ihre Schwester wurden zu Kur nach Görlitz geschickt. Eine gewisse Zeit später reisten mein Vater und ich mit meinem Onkel und meiner Cousine hinterher. Dort trafen wir nicht nur unsere Mütter und Ehefrauen wieder, sondern auch zwei junge Männer, mit denen sich unsere Mütter angefreundet hatten, an. Für uns als Kinder war das toll. Die beiden schnitzten uns nämlich Spazierstöcke aus Lindenholz. Der Stab von meiner Cousine wurde schwarz gemacht, meiner blieb weiß. Ach, fand ich den schwarzen schön, aber ich musste mich mit dem weißen begnügen. Den Wanderstab hat später mein Bruder wie selbstverständlich vereinnahmt. Wahrscheinlich ahnte er, dass dieser ihm zustand.

Wer auch letztlich der Vater war, neun Monate später bekam ich ein Brüderchen. Meine Mutter war überglücklich, endlich ein Wunschkind zu haben, und gleichzeitig total enttäuscht, weil es kein Mädchen war. Mein Vater hat nie irgendeine Bemerkung über die Vaterschaft gemacht, allerdings änderte sich das Leben drastisch. Freunde und Bekannte blieben weg. Meine Eltern waren früher oft und gern ausgegangen und blieben nun lieber zu Hause. Die Eltern meines Vaters verhielten sich sehr zurückhaltend zu meinem Bruder. Das änderte sich erst, nachdem mein Großvater verstorben war. Die Eltern meiner Mutter nahmen meinen Bruder uneingeschränkt an. Ich merkte die Veränderungen am deutlichsten. Ich war nun nicht mehr der Mittelpunkt, ich war nun der Sohn, weshalb meine Eltern verheiratet waren.

## Dem Tod von der Schippe gesprungen

Brause war für mich als kleiner Bengel das Größte von der Welt. Es war Anfang der fünfziger Jahre des vorigen Jahrhunderts und es gab andere Probleme als Brause. Als ich eines Abends vom Spielen nach Hause kam, stand auf einem kleinen Tisch im Arbeitszimmer meines Vaters eine Brauseflasche. Die Flaschen waren damals alle mit dem bekannten Patentverschluss verschlossen, den ich noch nie allein aufbekommen hatte. Dieses Mal klappte es problemlos. Ein Klick und schon war die Flasche auf und ich nahm einen großen Schluck. Danach folgte nur noch ein großes Geschrei meinerseits, es war keine Brause, es war Schwefelsäure. Um es kurz zu machen, an den Rest kann ich mich nicht mehr erinnern. Später, als Jugendlicher hatte ich dann vorübergehend Probleme mit dem Magen, aber auch das verging.

Das zweite Mal war es dann noch ernster. Es war Hochsommer und es gab zum Mittagessen neue Kartoffeln. Meine Mutter schärfte mir noch ein, dass ich auf keinen Fall Wasser trinken soll. Wie gesagt, es war Hochsommer und wir Jungen tobten draußen herum. Und wenn wir Durst hatten, gingen wir an eine Pumpe und löschten unseren Durst. Nur wenige Stunden später brach ich vor Bauchschmerzen zusammen. Meine Freunde waren natürlich entsetzt. Meine Mutter war sauer und fand es als gerechte Strafe, da ich nicht auf sie gehört und doch Wasser getrunken hatte. Unser Hausarzt folgte der Diagnose meiner Mutter. Im Laufe des Abends ging es mir immer schlechter und die Schmerzen wurden immer unerträglicher. Irgendwann nach 21°° hörten die Schmerzen schlagartig auf. Die Welt um mich herum war mit einem Mal weit weg. Zum Glück gab mein Vater keine Ruhe und holte den Notarzt. Die Diagnose stand sehr schnell fest – geplatzter Blinddarm mit Bauchdeckenvereiterung. Nachts wurde ich durch eine Notoperation gerettet und als ich morgens aufwachte, war ich schon wieder oben auf. So verbachte ich meinen Geburtstag im Krankenhaus. Ich weiß es noch wie heute, ich bekam einen Strauß Löwenmaul geschenkt. Passend zu meinem Sternzeichen. Das ist nun schon über 60 Jahre her.

Übrigens, mein Sohn erkrankte im gleichen Alter zur selben Jahreszeit am Blinddarm. Wir waren gerade auf Hiddensee im Urlaub. Aber dazu später mehr.

Beim dritten Versuch des Schicksals war es ebenfalls ernst. Ich muss dazu ausführen, dass es bei uns zu Hause im Winter sehr kalt war. Als Beispiel, ein Scheuerlappen war einmal im Bad am Fußboden festgefroren. Ich kann mich zwar nicht erinnern, dass ich zittern in der Ecke saß. Man gewöhnt sich scheinbar daran. Trotzdem, und bis heute, ziehe ich es vor im warmen zu sitzen. In meinem Jugendzimmer war ein alter Ofen. Draußen lagen Schneeberge. Ich kam mal wieder spät nach Hause. Also ordentlich Feuer in den Ofen, damals gab es die s.g. Eierkohlen. Es war sehr schnell sehr schön mollig. Ab ins Bett und sofort eingeschlafen. Irgendwann kam ich kurz zu mir. Mit letzter Kraft riss ich das Fenster auf und ließ frische Luft rein. Ich fiel wie Ohnmächtig zurück in Bett. Dieses Mal hatte mich meine eigene Reaktionsschnelle von der Schippe springen lassen.

## Hurra, die Schule fängt an

Ich wurde erst mit sieben Jahren eingeschult. Das letzte Jahr vor der Schule verging sehr langsam. Ich wollte endlich lesen, schreiben und rechnen lernen. Aber damals waren die Gesetze so, wie sich herausstellte, zum Vorteil für mich. Das passierte übrigens öfter in meinem Leben, dass das Schicksal mir ein Bein stellte und ich dadurch weiterkam, als vorher abzusehen war.

Also, der erste Schultag war da und, ausgerüstet mit einem Schulranzen gefüllt mit Schiefertafel, Griffel, Schwämmchen und Lappen sowie einer großen Schultüte ging es los. Am Ende dieses Tages hatte ich den ersten Buchstaben gelernt und die ersten Hausaufgaben erledigt. Sobald ich richtig lesen konnte, las ich alles, was mir in die Finger kam. Am Anfang vor allem Wilhelm Busch und Karl May. Letzteres war in der DDR nicht ganz einfach. Später kamen natürlich auch wissenschaftliche Bücher hinzu. So ausgestattet mit (Halb-) Wissen zerstörte ich so manche Vorbereitung der Lehrer auf die Unterrichtsstunde indem ich die Lösung, die didaktisch erst erarbeitet werden sollte, vorlaut in die Klasse posaunte. Das führte natürlich bei den Betragenszensuren regelmäßig zu schlechten Beurteilungen. Das Missfiel meinen Eltern natürlich sehr, da halfen auch keine Einsen in den anderen Fächern. Mir war oft der Unterricht schlicht zu langweilig. Was leider auch dazu führte, dass ich fast auf jedem Zeugnis den Satz fand : „Hans-Jürgen vergisst oft und gern die Hausaufgaben!". Im Nachhinein bedaure ich mein Desinteresse an Russisch. Nicht nur, dass ich von der Einstellung her sehr negativ zu Russland stand, das kam von meinem Elternhaus, ärgerte ich damit auch meine sehr guten Lehrer. Manchmal ist man eben erst hinterher schlauer ! Aber ich hatte immer gute Klassenlehrerinnen, die mich trotzdem förderten. Meine erste Klassenlehrerin verteidigte mich gegen meine Eltern mit den Worten – das ist eben ein richtiger Junge.

Mein Ziel war klar, ich will Abitur machen. Was ich am Ende auch schaffte, nämlich als einziger meiner Klasse zur Oberschule zu wechseln. Und da kam das böse Erwachen für mich. Jetzt war ich umgeben von lauter intelligenten Schülern. Einige hatten sich den Weg in die Oberschule durch regelmäßigen Fleiß erarbeitet. Die waren eindeutig im Vorteil. Ich merkte fast zu spät, dass ich meine Einstellung zur Schule gründlich ändern muss. Zum Glück bekam ich noch rechtzeitig die Kurve und am Ende stand ein erfolgreiches Abitur. Aber bis zum Schluss hat sich nichts geändert. Die Mathematik und die naturwissenschaftlichen Fächer blieben meine Favoriten. Mit Sprachen, einschließlich Deutsch, habe ich bis heute meine Probleme. Zum Glück gibt es heute automatische Rechtschreibkontrolle.

## Ein einschneidendes Ereignis

Die Schule zum dritten Schuljahr hatte gerade begonnen, als etwas schreckliches passierte. Als ich von der Schule nach Hause kam, durch wühlten fremde Menschen unsere Wohnung. Mein Vater war weg, ihn hatte man verhaftet. Meine Mutter saß weinend in der Ecke und mein kleiner Bruder saß teilnahmslos in einer anderen Ecke und spielte vor sich hin. Es war die Zeit der Zwangskollektivierung. Mein Vater wollte seinen Handwerksbetrieb auf keinen Fall der örtlichen LPG anschließen. Die STASI konstruierte einen Vorwand, um ihn zu verhaften. Sogar unsere Schweine, fast schlachtreif, wurden vom Hof getrieben. Nach dem er erstmal zu einer drastischen Strafe verurteilt wurde, gingen meine Eltern mehrfach in Berufung. Erst, als mein Vater unterschrieb nun doch Mitglied in der örtlichen LPG zu werden, kam er nach acht Monaten Haft frei.

Für uns waren es fürchterliche Monate. Meine Mutter musste sich eine Arbeit suchen. Mein Bruder kam in den Kindergarten und ich war plötzlich auf mich allein gestellt und musste viele neue Aufgaben übernehmen. Unter anderem musste ich meinen kleinen Bruder vom Kindergarten abholen. Armbanduhren waren damals noch nicht so verbreitet und so passierte es, dass ich hin und wieder zu spät nach Hause kam um meinen kleinen Bruder abzuholen. Wenn mein Bruder um 18°° nicht zu Hause war, machte sich mein Großvater auf den wenige hundert Meter langen Weg, um ihn abzuholen, Warum das die Großeltern nicht generell übernahmen, verstehe ich bis heute nicht. Nach so einem Versäumnis gab es immer einen riesen Terz zu Hause.

Aber mir vielen noch weitere Aufgaben zu. Da die Arbeit, die meine Mutter annehmen musste, ihr sehr gefiel, war sie jeden Tag mindestens zwölf Stunden außer Haus. Also fiel mir auch noch oft die Versorgung meines kleinen Bruders zu. Da wir immer noch Hühner hatten, gab es sehr oft Rührei. Manchmal machte ich uns auch Zucker Ei. Das geht ganz einfach. Das Eiweiß wird mit reichlich Zucker steif geschlagen und dann das Eigelb darunter gerührt. Das ganz lässt sich dann wie ein Pudding löffeln. Das schmeckte fantastisch und machte satt.

Ganz besonders stolz bin ich auf eine Leistung, für deren Beschreibung ich etwas ausholen muss. Als mein Vater verhaftet wurde, hatten die Bauern ihr Korn geerntet und bei uns in den Silos gelagert. Zu diesem Zeitpunkt hat das Getreide noch ziemlich viel Feuchtigkeit. Um ein Schimmeln zu vermeiden, muss das Korn regelmäßig umgewälzt werden. Aber die Stasi hatte den Betrieb versiegelt. Also musste alle paar Tage unter Polizeibewachung der Betrieb geöffnet werden um diese Arbeiten erledigen zu können. Das musste natürlich alles bezahlt werden. Also bot ich an, dass ich das übernehme. Da es sich um ein sehr altes Bauwerk handelte, kroch ich durch eine nicht versiegelte Öffnung und ließ das Korn von einem Silo in den nächsten laufen. Ich glaube, nur ein Fachmann kann einschätzen, was ich da als zehn Jähriger dort geleistet habe. Denn, natürlich ging auch etwas schief und der Gurt eines Elevators riss. Wahrscheinlich hatte ich ihn überlastet. Aber auch diese Reparatur bekam ich hin. Es zahlte sich aus, dass ich bereits vom Zeitpunkt, von dem ich richtig laufen konnte, immer im Betrieb war und jeden Handschlag meines Vaters beobachtet hatte. So hatte ich alle notwendigen Handgriffe hunderte Mal gesehen.

Als mein Vater aufgab und seinen Betrieb der örtlichen LPG unterstellte, kam er frei. Mein Vater nahm seine Arbeit wieder auf, als ob nichts passiert wäre. Ich verstand die Welt nicht mehr. Warum sollte ich für die LPG weiter meine Freizeit opfern anstatt mit meinen Freunden in Wald und Feld herum zu toben. Stattdessen wurden meine Aufgaben mit zunehmendem Alter immer umfangreicher. Mein Vater war ein sehr gründlicher Mensch. Eine Arbeit, die er begann, erledigte er mit absoluter Präzision. Leider vergas er dabei regelmäßig die restlichen Arbeiten, die dann bei mir hängen blieben. Auch die Betreuung meines kleinen Bruders wurde ich nicht los, da meine Mutter auch am Wochenende arbeiten musste. Sie war sehr gerne weg von zuhause !

**Die Flucht wurde vorbereitet.**

Ganz spurlos war die Verurteilung an meinem Vater doch nicht vorbei gegangen. Aber, wie schon erwähnt, mein Vater war sehr gründlich. Und so schafften meine Eltern nach und nach wichtige Dinge des täglichen Bedarfs zu Verwandten in Westberlin. So verschwand auch so manches meiner Spielzeuge. So vergingen die Monate. Ich muss dazu erwähnen, dass ich bis zur Verhaftung meines Vaters nicht den „Jungen Pionieren" beigetreten war. Mit Hilfe meiner damaligen Klassenlehrerin wurde das Eintrittsdatum vier Monate zurückverlegt. Meine Eltern wollten damit scheinbar zeigen, was für treue DDR-Untertanen sie sind. Genutzt hat es allerdings nicht, mein Vater wurde trotzdem als Staatsfeind verurteilt. Das führte natürlich dazu, dass ich an bestimmten Veranstaltungen teilnehmen musste und, nicht selten, auch gerne mitmachte. Entband es mich in dieser Zeit von den vielen Pflichten, die ich zu Hause erledigen musste. Trotzdem viel mir die Entscheidung nicht leicht, als im August 1961 sich die gesamte Klasse auf eine Klassenfahrt nach Erfurt vorbereitete und meine Eltern ein Familientreffen in Westberlin und Westdeutschland vorbereiteten. Eine Tante riet mir dann doch an der Klassenfahrt teilzunehmen. Damit war die Entscheidung gefallen. Außerdem hatte die Klassenfahrt den großen Vorteil, dass sie drei Wochen dauerte und ich in dieser Zeit der Arbeit zu Hause entging.

Insgesamt bereiteten sich tausende Schüler auf das Treffen in Erfurt vor. Für uns war es ein riesen Abenteuer. Zu dem Treffen gehörte auch ein Sternmarsch, der über das KZ Buchenwald führte. Ein sehr prägender Eindruck. Mein Verstand hat bis heute nicht begriffen, wie Menschen anderen Menschen so etwas Furchtbares antun konnten. Aber auch die Sperranlagen beeindruckten mich.

Das Jugendtreffen in Erfurt war von Langerhand mit sehr fiesen Hintergedanken vorbereitet worden. Genau in diese Zeit bauten die kommunistischen Machthaber die Mauer zwischen Ost- und Westdeutschland. Meine gesamte Familie war zu diesem Zeitpunkt auf Verwandtenbesuch in Westdeutschland und Westberlin. Als ich die ersten Bilder von diesem „Antifaschistischen Schutzwall" sah, fiel mir sofort auf, dass die Sperranlagenanlagen doch sehr große Ähnlichkeit mit den Anlagen im KZ Buchenwald aufweisen. Die dortigen Zäune, die eben den Ausbruch und nicht das Eindringen verhindern sollten, hatten dieselbe Funktion, wie die Sperranlagen zwischen Ost und West. Mit diesen Erkenntnissen traktierte ich natürlich meine Lehrer und Jugendführer. Leider habe ich mir die ganzen schwachsinnigen Begründungen nicht gemerkt. Aber sie waren haarsträubend und nur, dass, inzwischen eingeübte zweite Gesicht von mir, verhinderte schlimmeres. Meine Eltern haben mir nie einen Vorwurf gemacht, dass sie am 14.08. aus dem Westen zurückkommen mussten. Mein Vater hing zu sehr an seiner Scholle, auch wenn sie inzwischen von der örtlichen LPG verwaltet wurde, und an seine Mutter. Aus heutiger Sicht würde ich sagen, er hatte einfach Angst etwas Neues zu beginnen. Außerdem hatte er in seiner Schulzeit im dritten Reich gelernt, sich anzupassen.

### Unsere kleine Farm

Als mein Vater sich selbstständig machte, war der Krieg erst wenige Jahre vorbei. Die meisten Lebensmittel gab es nur auf Karte. Wer also die Möglichkeit hatte, versuchte die eigene Versorgungslage zu verbessern. Platz hatten wir genug, also kamen als erstes ein Dutzend Hühner auf den Hof. Eier sind nahrhaft und die Hühner selbst geben eine gute Suppe oder ein gutes Frikassee. Das Lieblingsessen meiner Mutter.

Da Platz genug war kamen zu den Hühnern auch bald noch ein paar Schweine dazu. Ich erinnere mich noch sehr schmerzhaft an unsere erste Hausschlachtung. Mein Großvater, der auch Fleischermeister war, hat das Schwein fachgerecht zerlegt. Es gab, wie bei einem Schlachtfest üblich, ein großes Festessen. Dazu gehörte auch Wurstsuppe. Es war wahrscheinlich Herbst und schon etwas kühler. Auf der Wurstsuppe in meiner Tasse schwamm eine dicke Schicht Fett. Was ich als kleiner Junge natürlich nicht bedacht habe, Fett schwimmt oben und Isoliert. Was ich nicht ahnte, darunter war die Suppe kochend heiß. Ich erinnere mich noch bis heute, fast 70 Jahre später, schmerzhaft an meinen verbrannten Mund.

Nutztiere machen vor allem eins, Arbeit. Täglich mussten die Schweineställe gereinigt werden. Am Wochenende war dann Großreinemachen dran. Das alles verbrauchte viel Zeit, Freizeit !

Das schlimmste war jedoch die Futterzubereitung. Während die Hühner und später auch die Enten ihr Futter einfach hingestreut bekamen, musste das Futter für die Schweine aufwendig vorbereitet werden. Am Anfang stand da immer Kartoffeln und Rüben putzen. Die lagerten in einem alten Eiskeller, der von unserem Grundstück bis in den angrenzenden Schlosspark reichte. Den Geruch habe ich heute noch in der Nase. Deshalb mag ich Kartoffeln nicht sehr, auch wenn es sich meist nicht vermeiden lässt, und Rote Beete sind bis heute ein rotes Tuch für mich. Die Arbeiten mit unseren Haustieren fielen im Laufe der Zeit immer mehr mir zu, d.h. je älter ich wurde umso mehr musste ich übernehmen. Mein kleiner Bruder war immer außen vor. Er durfte zwar, was er auch manchmal tat, ich musste. Solange ich Einzelkind war, störte mich das alles nicht. Als mein Bruder aber in das Alter kam, in dem ich erste Aufgaben übernehmen musste, schwand mit jedem Lebensjahr das Verständnis. Ich machte dafür manchmal direkt meinen kleinen Bruder verantwortlich, auch wenn das eigentlich nicht korrekt war.

Aber es gab auch Vorteile für mich. Der Hühnerhof wuchs und wuchs und damit die tägliche Menge an Eiern. In der Mangelwirtschaft konnte man solche Überproduktion günstig im nächsten Konsum oder HO verkaufen. Ich bereitete die Eier für den Verkauf vor. Als Lohn winkte für jedes Ei, das verkauft wurde, einen Pfennig. Das war für mich sehr motivierend, denn eine Mark war damals noch viel wert. Umso mehr für einen Schuljungen. Meine Eltern achteten auch darauf, dass ich mein Geld sparte und nicht vernaschte. Insgesamt war die „kleine Farm" sehr einträglich und meine Eltern konnten sich dadurch mehr leisten als andere. So konnten sie schon einen Wartburg kaufen, als die Wartezeiten noch unter einem halben Jahr waren. Aber auch später, als es ans Hausbauen ging, waren entsprechende finanzielle Mittel vorhanden. Ich kann von mir getrost behaupten, ich habe meinen Eltern mehr eingebracht als ich sie gekostet habe.

Eine Geschichte ist mir besonders in Erinnerung geblieben. Für die Schweine wurde ein neuer Stall geplant. Zwei Buchten für je vier Schweine und eine größere Buchte für Mutter Sau, wie wir es nannten. Mein Vater plante wie immer sehr penibel und akribisch. Ergebnis, als die Handwerker fleißig am mauern waren, fehlten Steine. Also schickte mein Vater mich los, um bei einer der vielen Ziegeleien in unserer Gegend Steine zu besorgen. Dazu muss man wissen, es waren DDR-Zeiten. Alles war knapp, besonders Baumaterial. Ich war damals wahrscheinlich noch nicht einmal zehn Jahre alt. Aber als „Kronprinz" der Familie war ich überall bekannt und es gelang mir sogar Mauersteine zur sofortigen Abholung zu organisieren. Stolz kam ich nach Hause und berichtete von meinem Erfolg. Leider beschrieb ich die Steine falsch und mein Vater glaubte, dass die organisierten Steine völlig unbrauchbar wären. Entsprechend war seine Laune. Die Handwerker waren aber sehr zufrieden und konnten die begonnene Arbeit erfolgreich beenden.

An unserem Grundstück grenzte auch ein kleines Feld. In den frühen Fünfzigern baute mein Vater dort Kartoffeln an. Im Herbst gab es dann eine große Ernte auf dem Feld. Mit Kartoffelfeuer und allem was dazu gehört. Die Kartoffelernte sollte noch für viel Verstimmung sorgen.

Als die Versorgungslage sich besserte, wurde Luzerne für die Schweine angebaut. Auch das lohnte sich irgendwann nicht mehr. Da kam ich auf die wenig glorreiche Idee mit dem Feld Geld zu verdienen. Ich mähte das Gras und machte Heu daraus. Einen großen Berg, wie ich glaubte. Mein Vater fand sogar einen Bauern, der mir das Heu abkaufte. Ganze 22 Ostmark hat die wochenlange Arbeit eingebracht. Ich war von dieser Einkommensquelle geheilt. Außerdem hatte ich ohnehin genug Arbeit.

**Weihnachten und Geburtstage**

Mein Vater hatte als Kind sehr schöne Spielzeuge von seinen Eltern bekommen. Er ging sehr sorgfältig mit seinen Sachen um. So war es kein Wunder, dass noch vieles vorhanden war. Vor allem zu Weihnachten bekam ich die Sachen geschenkt. Viele Dinge, von den andere Kinder in der Zeit nur träumen konnte. Ich ging ebenfalls sehr sorgfältig mit den Spielzeugen um. Ein Missgeschick passierte allerdings auch mir. Ich muss etwa acht Jahre alt gewesen sein, als ich die Merklin Eisenbahn von meinem Vater zu Weihnachten bekam. Bereits am zweiten Feiertag geschah das Unglück. Die Lock rutschte mir aus der Hand und ein Radkranz eines Antriebrades brach. Aus der Traum. Mein Vater nahm es erstaunlich gelassen. Hilfe nahte auch sehr schnell in Gestalt eines alten Mechaniker Meisters, der auch schon für meinen Großvater tätig war. Aus einem Stück Hartholz drehte er mir ein neues Rad für die Lock und ich konnte weiterspielen. Der alte Herr hat mir noch öfter aus der Klemme geholfen. Und wenn ich etwas bezahlen wollte kam immer der Spruch : „Lass stecken, dein Großvater war immer großzügig zu mir".

Ich erinnere mich auch an ein Weihnachten, als ich ein paar Schier geschenkt bekam. Draußen war es grau und trübe und da lagen die Schier. Als ich am ersten Feiertag aufwachte, war alles weiß. Hurra, die Schier konnten eingeweiht werden.

Als mein Bruder in das alter kam, in dem er auch mit richtigem Spielzeug spielen konnte, änderte sich auch dabei die Situation für mich. Das Schlimmste, das meine Eltern mir angetan hatten, war ein Gutschein. Ich hatte als Schulanfänger ein altes aufgemotztes Fahrrad bekommen. Damit fuhr ich jahrelang mit meinen Freunden durch Wald und Flur. Die Zeiten wurden immer besser und so nach und nach hatten alle schicke Diamant Sporträder. Also wünschte ich mir auch ein neues Fahrrad vom Weihnachtsmann. Unter dem Weihnachtsbaum lag dann ein Gutschein für ein Fahrrad. Das war erstmal nicht schlimm, denn es war nun mal so, im Osten konnte man nicht einfach in den Laden gehen und etwas kaufen. Als mein Bruder, der zwei Monate nach Weihnachten Geburtstag hat, ein neues Fahrrad bekam, war ich doch mehr als verärgert. Der Gutschein wurde übrigens nie eingelöst. Ich habe ihn dann, als ich selbst verheiratet war, vernichtet. Heute bedaure ich das. Wäre es doch ein „schönes" Andenken an meine Eltern.

Mein Vater schenkte meiner Mutter fast immer tolle Sachen zu Weihnachten. Da gab es dann schon mal eine goldene Uhr, einen Pelzmantel usw. Nur ein Weihnachten war total verhagelt. Da schenkte mein Vater meiner Mutter Kartoffelkiepen für die Ernte. Da hing der Hausseegen sehr lange schief.

Meine Mutter stammte aus einer sehr großen Familie, d.h. ich hatte sehr viele Tanten und Onkel. Es war immer toll nach Weihnachten loszuziehen und weitere Geschenke zu erhalten. Soweit ich mich erinnern kann waren es Kleinigkeiten und Süßigkeiten. Für meine Cousine und mich war es aber immer aufregend.

Geburtstage waren immer Höhepunkte in der Familie. Wochenlang wurden die Lebensmittelmarken gesammelt um genügend Butter für die Torten zu haben. Es wurde gerührt und gebacken, so dass immer eine tolle Kaffeetafel rechtzeitig bereitstand. Alle Verwandten und Bekannten kamen zusammen um den Kindergeburtstag zu feiern. Die einzigen, die störten, waren wir Kinder. Das störte uns jedoch nicht weiter, konnten wir in Ruhe rumtoben. Das dicke Ende kam dann immer, wenn sich die Festtagsgesellschaft auflöste. Dann gab es krach, weil unsere Festtagskleidung gar nicht mehr festtäglich aussah.

An einen Geburtstag erinnere ich besonders. Meine Eltern hatten etwas außerhalb unseres Wohnortes einen kleinen Schrebergarten. Wie schon erwähnt, Selbstversorgung war wichtig. Natürlich fiel auch hier ein gehöriger Teil an Arbeit an mich. Dazu gehörte auch der Transport von Dingen von und zum Garten. Also wünschte ich mir einen Anhänger für mein altes Fahrrad. Der Wunsch wurde, sicher in Andenken an den erwähnten Eklat bei einem früheren Weihnachtsfest, brüsk abgelehnt. Ich erinnere mich noch, wie mein Vater meinte, dass ein Arbeitsgegenstand, der für alle da war, kein Geburtstagsgeschenk ist. Das war's, es gab keinen Anhänger und ich musste weitersehen, wie ich alles transportieren konnte.

## Lügenpresse

Ich erinnere mich noch genau. Es waren die ersten Volkskammerwahlen nach dem Mauerbau. Eigentlich hießen Wahlen im Osten „Zettel falten". Auf den Zetteln standen ein paar Namen, die, wenn der Zettel in der Urne landete, gewählt waren. Normalerweise wurden die Kandidaten der Nationalen Front immer mit 99,9 % gewählt. Die fehlenden 0,1 % waren wahrscheinlich kurzfristig verstorbene Wahlberechtigte, die einfach nicht mehr zur Wahlurne getragen werden konnten.

Nach dieser Wahl konnte ein Journalist endlich mal eine richtig gute Nachricht verkünden. In der Gemeinde „weißnichtmehr" hatten bereits um 10°° 104 % der Wahlberechtigten ihre Stimme den Kandidaten der Nationalen Front gegeben. Nachdem ich zuerst mein Wissen in Mathematik überprüft hatte, ich war in der 7. Klasse, fragte ich meine Klassenlehrerin. Die Erklärung war so verblüffend, dass ich nicht wagte weiter zu fragen : „Da haben sicherlich Urlauber in dieser Gemeinde ihre Stimme abgegeben !"

Die nächste Ente war auch nicht schlecht. Ein schwerer Sturm hatte das Kreuz auf unserer Hauptkirche abgeknickt. Das Kreuz hing nun sehr gefährlich an der Turmspitze. Hilfe musste her und dass möglichst schnell. Schnell ging es dann nicht, aber irgendwann kam die Idee einen Hubschrauber einzusetzen. Gedacht, gemacht. Die ganze Stadt war auf den Beinen um das Schauspiel zu sehen. Ich stand mit meiner Kamera auf einem Stativ auf dem Feld hinter unserem Haus. Zusätzlich hatte ich mich noch mit einem Feldstecher ausgerüstet. Wenn ich den Feldstecher direkt an das Objektiv der Kamera hielt, konnte ich sogar brauchbare Bilder schießen. So beobachtete ich die Arbeiten aus sicherer Entfernung. Als die Arbeiten so weit vorangeschritten waren, dass das Kreuz von der Kirchturmspitze abgenommen werden konnte, beobachtete ich, wie der Arbeiter das Kreuz am Hubschrauber einhakte. Ich dachte noch, wenn der Hubschrauber jetzt anzieht, dreht sich das Kreuz aus dem Haken und folgt der Schwerkraft. Ich hatte den Gedanken noch nicht ganz zu Ende gedacht, da zog der Hubschrauber schon an. Das Kreuz machte eine halbe Drehung und krachte durch das Kirchendach in das Seitenschiff. Die Folgen sind nach mehr als 50 Jahren in der Kirche heute noch zu sehen. Was stand am nächsten Tag in der Zeitung : „Die Spannung löste sich erst, als das Kreuz langsam zur Erde gesengt wurde."

Nach dem Studium begann ich in einem sozialistischen Großbetrieb. Der Betrieb hatte sogar eine eigene Wochenzeitung. Also, immer wenn ich auf Ungereimtheiten im Betriebsablauf stieß, die meiner Meinung besser gelöst werden konnten, vor allem wenn das Problem durch falsche Entscheidungen initiiert waren, schrieb ich einen Artikel. Die wurden allerdings nie veröffentlicht. Eines Tages hatte der Chefredakteur Mitleid mit mir. Er erklärte mich auf : „Die Betriebszeitung ist nicht dazu da um Mängel aufzuzeigen und Änderungen zu veröffentlichen, sondern zu helfen, die Entscheidungen der Betriebs- und Parteileitung zu propagieren und durchzusetzen. Das war wenigstens eine ehrliche Auskunft.

## Religion

Meine Erziehung zu Hause war religiös geprägt. Nicht mit ständigen Kirchengängen, aber der Glaube war meinen Eltern schon sehr wichtig. Trotz der schlechten Zeiten wurde ich mit entsprechendem Aufwand in der großen Kirche meiner Heimatstadt getauft. Mit Taufkleid, Paten und vielen Gästen fand der Festakt statt. Die brachten für den „Kronprinzen" auch die angemessenen Geschenke – silberne Mokkalöffel. Natürlich wurde mir auch beigebracht, als ich das entsprechende Alter hatte, abends zu beten. Das wurde im Laufe der Zeit ein herunterleiern des immer gleichen Textes. Ich kam ohnehin sehr früh in Konflikt mit der göttlichen Allmacht. Ich erinnere mich noch genau. Ich ging noch nicht zur Schule als meine Eltern mit mir zu Besuch bei Bekannten waren. Über dem Sofa hing ein Bild mit einem mächtigen Segelschiff in stürmischer See. Außerdem war Regen zu sehen. Ich verkündete sofort – das Bild stimmt nicht ! Auf die Frage, warum das Bild nicht stimme antwortete ich – Warum soll Gott es auf dem Meer regnen lassen, da gibt es doch genug Wasser !

Als ich zur Schule kam, wurde ich auch nachmittags zur Christenlehre geschickt. Damals gingen fast alle Schüler zu diesem Unterricht. Eine junge Katechetin erzählte uns Geschichten aus der Bibel und ihren Traum, in Afrika zu missionieren. Leider war sie nicht in der Lage, meine Fragen, die sich automatisch stellen, wenn man sich mit dem Christentum und dem Glauben an Gott befasst, zu beantworten. Was bei meinem damaligen Temperament dazu führte, dass ich den Unterricht immer wieder störte.

Irgendwann bekam ich eine schallende Ohrfeige und flog aus dem Unterricht. Ich ging nicht direkt nach Hause, sondern bummelte so lange, das ich zur üblichen Zeit erst zu Hause ankam. In einer kleinen Stadt blieb aber so etwas nicht lange geheim. Die anderen Kinder berichteten natürlich von dem Vorfall und so erfuhren es auch meine Eltern. Ergebnis, ich brauchte nicht mehr zur Christenlehre und leider bewirkte der Vorfall auch, dass die anderen Kinder nicht mehr dorthin geschickt wurden.

Im sozialistischen Staat war die Kirche verfemt und die Bibel wurde als Märchenbuch für dumme Menschen abgetan. Für mich war das natürlich ein Grund ich etwas mehr mit der Bibel zu befassen. Erstaunt stellte ich fest, wenn man die Allmachtvorstellungen weglässt, ist es sehr interessantes Buch. Es stehen interessant geschichtliche Ereignisse drin. Erstaunliche Dinge. Man muss staunen, woher die Kenntnisse und Erkenntnisse kamen. Aber auch die Lebensphilosophien sind beeindruckend.

Meine Mutter hat einmal ihre Gläubigkeit mir gegenüber bewiesen. Sie sagte zu mir : „Ich danke Gott jeden Tag auf den Knien, das ich noch einen Sohn habe und nicht nur mit dir gestraft wurde."

Mein Bruder hatte mit einem ähnlichen Aufwand seinen Start in das christliche Leben. Die Taufe fand viel später statt. Eine Zeit des Aufschwungs, der in Ost und in West nach dem Krieg in Fahrt kam. Leider hat mein Bruder nie verstanden gradlinig zu sein. In der DDR hängte er sein Fähnchen in den Wind. Nach dem Mauerfall fiel ihm seine christliche Erziehung wieder ein.

Er pilgerte sogar den Jakobsweg. In Büchern schilderte er, wie er wieder zu Gott fand. Nur leider hat er christliches Verhalten nie begriffen.

## Der Schauprozess

Aufgewachsen bin ich mit den Erzählungen meiner Großväter über ihre Vergangenheit vor dem Krieg. Der eine hatte jenseits der Oder ein großes Jagdgebiet. Ich ließ keine Gelegenheit aus Ihn darüber auszufragen. Mein Interesse war einfach zu groß. Opa erzählte immer nur zögerlich. Wahrscheinlich waren die Erinnerungen doch sehr schmerzhaft. Wenn er dann jedoch erzählte, von seinen Jagdwaffen, seinen Trophäen und Jagderfolgen allgemein, leuchteten seine Augen. Bevor sie vor den vorrückenden Russen flohen, wurden all diese Dinge gut versteckt. Alle gingen davon aus, dass man nach Zusammenbruch des Hitlerregimes wieder in die alte Heimat zurückkehren kann. Die Absprachen von Jalta kannten sie natürlich nicht.

Der andere Großvater war in den zwanziger Jahren des vorigen Jahrhunderts erfolgreiches Mitglied im örtlichen Schützenverein. Einige Medaillen, alle aus echtem Silber, bewiesen seine Erfolge. Die Medaillen habe ich zum Glück noch sichern können, bevor mein Bruder auch diese als sein, ihm zustehende Erbstücke, sich einstecken konnte.

Um es kurz zu machen, ich interessierte mich sehr für Waffen. Abgesehen von der GST gab es keine Möglichkeit mit richtigen Waffen zu schießen. Da ich auch dieser sozialistischen Organisation nicht traute, schnitzte ich mir Pistolen und spielte damit stolz. Das größte wäre damals für mich natürlich gewesen, in den umliegenden Wäldern eine echte Pistole zu finden. Ich hatte zum Glück kein Glück. Andere Bengels fanden eine Waffe einschließlich Munition und knallten damit Wald umher. Wie das Leben so spielt, funktionierte die stille Post bis zur Stasi und die drei Jungen wurden geschnappt.

Ich erinnere mich genau. Ich war erst wenige Monate in der Erweiterten Oberschule als wir alle antreten mussten. Ohne zu wissen warum, wurden wir in die Aula der Nachbarschule geführt. Dort fand der Prozess, besser Schauprozess, gegen die drei Jungs statt. Mein Freund, der neben mir saß murmelte die ganze Zeit immer wieder . „Da könnten wir jetzt auch sitzen !". Der Prozessverlauf erinnerte mich sehr an den Prozessen, die wir aus Filmen über die Hitlerzeit kannten. Obwohl niemand zu Schaden gekommen war, bekam der Älteste eine mehrjährige Zuchthausstrafe. An das Strafmaß der anderen beiden kann ich mich nicht erinnern. Aber eins steht fest, deren Zukunft war auch beendet bevor sie begonnen hatte. Dieses Ereignis hat natürlich meine negative Einstellung zu Sozialismus a la DDR weiter verfestigt.

## Der Aufsatz

Zugegeben, Sprachen sind nicht gerade meine Stärke. Egal ob Russisch oder Englisch. Aber auch beim Deutschunterricht habe ich mich nur durch Gedichte lernen und Aufsätzen über Wasser gehalten. Also musste ich mich darauf konzentrieren. Heute hätte man die Ausrede „Legastheniker". Diese Diagnose gab es leider noch nicht und so musste ich jede Gelegenheit nutzen, meine Zensur in Deutsch zu verbessern. Als wieder einmal ein Hausaufsatz angefertigt werden musste, nutzte ich wieder meine Chance. Und dieses Mal zog ich alle Register. Mit meiner Ausfertigung wandte ich mich an Redakteure der lokalen Zeitung, die sich regelmäßig im Kaffee bei meiner Mutter trafen. Die nahmen sich auch mit Freude der Sache an. Ich kann mich nicht mehr an das Thema erinnern, aber es waren eigentlich immer politische Themen. Und meine kritische Einstellung war allgemein bekannt. So konnten die Redakteure, ohne selbst namentlich in Erscheinung zu treten, mit meinen Worten, aber brillant geschliffen, auch ihre Meinung dokumentieren.

Am Tag, als die Aufsätze zurückgegeben wurden, kam mein Deutschlehrer wutschnaubend in die Klasse – das haben sie doch nicht selbst geschrieben ! Das bestritt ich natürlich nicht und verwies darauf, dass es sich um eine Hausarbeit handelte und damit fremde Hilfe nicht verboten ist. Außerdem war am Inhalt unzweideutig meine Meinung zu erkennen. Mein Deutschlehrer, ein 100-prozentiger SED Anhänger, kochte natürlich vor Wut. Das Ergebnis war klar – 5 setzen.

Mit diesem Ergebnis wandte ich mich wieder an die Redakteure, die sich natürlich damit auch persönlich düpiert fühlten. Sie legten meinen, von ihnen redigierten Aufsatz einem anderen Deutschlehrer vor. Dieses Mal das Ergebnis – 1 ausgezeichnet. Hinter den Kulissen muss es mächtig gerumpelt haben. Jedenfalls berichtigte mein Deutschlehrer seine Zensur auf 3, meinem Durchschnitt.

Beim nächsten Schulaufsatz schrieb ich dann, ohne Hilfe, eine 1. Ich habe dummerweise das Ergebnis mit „Na geht doch" kommentiert. Sofort wurde ich mündlich drangenommen und solange befragt, bis er „4 setzen" sagen konnte.

## Hobbys

Eines habe ich bereits als kleiner Junge bemerkt, die Welt ist bunt und interessant. Ich weiß nicht mehr genau wann, aber ich fand irgendwo eine alte 6 x 9 Boxenkamera. Natürlich war mein Interesse sofort geweckt, ein Film gekauft und die ersten Bilder geschossen. Leider habe ich alle Motive doppelt belichtet, da ich die alte Technik nicht auf Anhieb verstand. Aber aus Fehlern lernt man und die nächsten Versuche gelangen. Als nächste Kamera hatte ich eine „Pouva Start", eine Plastikkamera, die aber erstaunlich gute Ergebnisse brachte. Mein Vater ließ sich von dem Hobby anstecken und kaufte sich eine Exa 1a mit Lichtschacht und Prismen Aufsatz. Da er sich leider nie die Zeit nahm, überließ er irgendwann mir diese Kamera. Vom Geld, dass ich zu meiner Jugendweihe bekam kaufte ich mir dazu dann noch ein semiprofessionelles Blitzlicht.

Dieses Hobby behielt ich bis heute bei. In der Schule gab es eine Arbeitsgemeinschaft Fotographie, der ich mich natürlich anschloss. Das ging allerdings nicht lange gut. Die eigentlichen Aktivitäten dieser Arbeitsgemeinschaft fanden immer am Sonnabendnachmittag statt, also eine Zeit wo ich umfangreiche Arbeiten zu Hause erledigen musste. Nach wenigen Sonnabenden durfte ich nicht mehr zu diesem Arbeitskreis. Das war aber genau die interessante Zeit. Neben dem Fotografieren und entwickeln der Filme gab es auch regelmäßig Filmvorführungen. Also fotografierte ich fortan nur noch für mich selbst. Trotzdem habe ich in dieser Zeit sehr viel gelernt.

Das nächste Hobby hatte auch keine lange Lebensdauer. Angeregt durch die Erzählungen meines Vaters ging ich zum Segelfliegen. Genau auf dem Flugplatz, auf dem auch schon mein Vater, bevor er als Flakhelfer eingezogen wurde, seine ersten Hüpfer machte. Freitags abends war in der Schule Theorie. Mein Vater achtete sehr darauf, dass ich keinen Termin verpasste. Sonnabend und Sonntag war Praxis, also fliegen angesagt. Diese Termine kollidierten aber wieder mit meinen Aufgaben zuhause. Sonnabends war das Reinigen des Betriebes angesagt, Sonntagvormittag Hof fegen. Ich kam dann immer gerade recht auf dem Flugplatz an, um beim Aufräumen zu helfen. Früher hatte mich das Großreinemachen im Handwerksbetrieb meines Vaters nicht gestört. War es doch unser Betrieb gewesen. Nach dem jedoch mein Vater unter Zwang den Betrieb an die örtliche LPG übergeben musste, hatte ich überhaupt kein Verständnis mehr dafür dort meine Freizeit zu verbringen. Das führte dazu, dass ich mehr und mehr das Interesse am Fliegen verlor. Das brachte mir den Vorwurf meiner Eltern ein, dass ich alles beginne aber nichts vollbringe. Bald darauf stürzte ein Segelflugzeug ab. Der Fluglehrer und der Schüler kamen ums Leben. In der Woche darauf floh noch ein anderer Fluglehrer mit einem Segelflugzeug in das nicht weit entfernte Westberlin. Das hatte die sofortige Schließung des Platzes zur Folge und damit war auch diese Kapitel erledigt. Ich bedaure bis heute, dass ich es nicht wenigstens bis zum ersten Alleinflug geschafft habe.

Als nächsten war eine Arbeitsgemeinschaft, die sich mit Modellbau, genauer gesagt mit einer elektrischen Eisenbahn beschäftigte. In einem Saal im Schloss hatten wir eine große

Platte, auf der wir eine fiktive Landschaft entwickelten. Mit Piko hatte die DDR auch einen renommierten Hersteller für elektrische Modelbahnen. Da diese Arbeitsgemeinschaft am Mittwochabend stattfand, gab es zu Hause keine Konflikte. Ich weiß nicht mehr warum, aber irgendwie verlief die Arbeitsgemeinschaft im Sande. Die Anlage stand dann Jahrelang als Unvollendete rum. Ab und zu wurde wohl noch daran gebaut.

Mein Bruder hatte von meinen Eltern eine elektrische Eisenbahn geschenkt bekommen. Er war aber noch zu klein dafür. Also begann ich mich darum zu kümmern. Als erstes musste eine Platte her. Wieder halfen mir alteingesessene Handwerksbetriebe eine schöne stabile Platte zu bauen. Immer, wenn ich ein paar Mark übrig hatte kaufte ich schienen, Weichen und weiteres Material, um die Anlage aufzubauen. Aus einem alten Unterrock meiner Mutter, feinen Maschendraht, Zeitungspapier und Tapetenkleister fertigte ich eine Berglandschaft. Nachdem ich noch einige Wagons und eine Lock gekauft hatte, konnten die ersten Züge rollen. Leider nicht lange. Der Trafo gab seinen Geist auf. Wieder half mir der alte Mechanikermeister, da das Gehäuse nur mit Spezialwerkzeug zu öffnen war. So konnte nach der Reparatur des Trafos die Eisenbahn wieder rollen. Meine Zeit wurde immer knapper und mein Bruder schien ziemlich wenig Interesse an seiner Eisenbahn zu haben. So blieb die Anlage leider unvollendet.

Sehr früh hatte ich angefangen an alten Radios zu schrauben. Ich hörte gern Musik und der damals von mehreren Sendern ausgestrahlte Schulfunk war immer interessant und lehrreich.

Außerdem gab es damals die ersten Straßenfeger – Hörspiele die über mehrere Teile über mehrere Wochen ausgestrahlt wurden. Eine Lieblingsstrafe war dann, wenn ich mal wieder nicht so funktionierte, wie ich sollte, das Anhören der Folge zu untersagen. Um trotzdem alles mitzubekommen, hatte ich ein altes Radio vom Gehäuse befreit und es so weit zerlegt, dass das, was eigentlich Vertikal zusammengesetzt war, Horizontal unter der Bettdecke funktionierte. Das war kein Transistorempfänger mit 9 oder 12 Volt, sondern ein altes Röhrengerät mit 220 Volt und glühenden Röhren. Aber so verpasste ich keine Folge. Was mich bis heute wundert, ist, dass meine Eltern nichts mitbekommen haben. Ich konnte trotz Verbote immer mitdiskutieren.

Logisch war daher nur, dass ich mich der Arbeitsgemeinschaft Funk angeschlossen habe. Dieses Hobby kollidierte zum Glück mit keiner Aufgabe, die ich zu Hause zu erledigen hatte. Dieses Hobby wurde dann Opfer der Bandgründung.

## Die Fünf

1963 wechselte ich von der Grundschule zur Erweiterten Oberschule, wie damals das Gymnasium bezeichnet wurde. Es war das Jahr, in dem die Beatles einen Erfolgssong nach dem anderen veröffentlichten. Es lag also nahe, selbst aktiv zu werden. Obwohl wir alle aus verschiedenen Schulen aus dem ganzen Kreis kamen, fanden wir uns sehr schnell zusammen. Der Versuch, eine Mitschülerin als Schlagzeugerin zu gewinnen, hat leider nicht geklappt. Also starteten wir als Viererteam, Wolfi, Butzi, Bummi und ich, Hansi. Ein unpassender Name für unsere Band war bald gefunden. Jeder beschaffte sich ein Instrument. Wobei das Beschaffen eigentlich nicht das Problem war. Es gab einen Katalog aus Klingenthal mit wunderschönen Instrumenten. Ich suchte mir eine dunkelblaue Gitarre mit allem Drum und Dran aus. 220 Ostmark sollte sie kosten. Für die damalige Zeit ein ziemlich großer Betrag. Trotzdem, das ganze Spargeld zusammengekratzt und bestellt. Als die Lieferung kam, kam auch der Schock. Die Gitarre sollte noch einmal 100 Mark mehr kosten. Nach einer schlaflosen Nacht auch noch den fehlenden Betrag zusammengekratzt. Jetzt konnte es los gehen. Von nun an war üben angesagt. Das bedeutete nicht nur die Griffe lernen, vor allem musste man den Fingern eine ganz andere Beweglichkeit abfordern, die bisher nicht gebraucht wurde. Ein Schlagzeug bekamen wir zum Glück geliehen. Wolfi, der ohnehin ein musikalisches Genie war, übernahm die Leadgitarre. Butzi, ebenfalls ein kleines musikalisches Ass, übernahm den Bass. Bummi traktierte die Drumms und ich die Melodiegitarre. Unser erstes Mikrofon bastelte ich mit Hilfe einer Schlosserei aus dem Kohlemikrofon der Musiktruhe meiner Eltern. Den Klang kann sich heute wahrscheinlich keiner mehr vorstellen. Verstärker und Boxen klaubten wir überall zusammen. Ich hatte z.b. einen Normverstärker mit 100 V Aushang. Kennt natürlich heute keiner mehr. Als Lautsprecher dienten mir vier Kino Lautsprecher.

In der alten Mühle konnten wir üben. Und schon wenige Wochen später fühlten wir uns absolut fit. Und so kam es wie es kommen musste. Eines Tages fiel eine andere Band, die eine Veranstaltung zugesagt hatte, aus. Diese Chance ließen wir uns nicht entgehen und sagten sofort zu. Also hin. Equipment aufgebaut, Gitarren gestimmt und los ging es. Nach 20 Minuten war unser Repertoire runter gespielt. Was nun ? Also das Ganze von vorne und von vorne usw. Ich schäme mich heute noch, wenn ich an dieser Gaststätte vorbeifahre. Aber der Abend war sehr lehrreich. Wir wussten nun, was wir verbessern mussten. Noch mehr üben und das Repertoire wesentlich erweitern. So schafften wir es, dass wir nur wenige Monate später auf einer großen Bühne standen und das Publikum an einem Silvesterabend unterhalten konnten.

Sigi am Flügel wurde das fünfte Mitglied unserer Band. Bummi, der eine künstlerische Ader hatte, fand nun auch den Namen, der zu uns passte „Die Fünf". Wir waren fünf und die Fünf war das Schreckgespenst als Zensur. Scherzhaft zitierten wir : „Ne runde Fünf, die lob ich mir. Meinetwegen noch ne Vier !"

Wir entwickelten uns zu einer angesagten Band. Wir wurden regelmäßig gebucht. Zum Jugendtanz am Wochenende und in den Sommerferien und auch am Mittwochnachmittag. Dazu kamen noch Auftritte in der Umgebung unserer Heimatstadt. Einen großen Auftritt hatten wir in der Waldbühne. Leider nicht auf der berühmten Bühne in Berlin. Aber immerhin – Waldbühne ! Im Sommer spielten wir auch sehr oft auf dem großen Balkon, der zu einem Schloss der Königin Luise gehörte.

Natürlich bekamen wir auch ein paar Mark dafür, aber nicht wenig davon wurde in Form von Bier zur Lampenfieberbekämpfung gesteckt. Auch mussten wir Listen schreiben um einen Nachweis der von uns gespielte Titel zu dokumentieren. Die Vorgabe war natürlich vorrangig Osttitel zu Gehör zu bringen. Auf diese Art und Weise verschafften wir dem einen oder anderen regimetreuen Künstler auch noch ein unverdientes Zubrot.

Und so kam das Ende ganz schnell nahe. Mit dem Abitur war Schluss. Beim Abiball spielten wie noch einmal für unsere Mitschüler. In den darauffolgenden Ferien noch eine „Abschlusstournee" und wir verstreuten uns in ganz Ostdeutschland.

Wolfi war der Einzige, der der Musik treu blieb. Er machte weiter Musik mit neuen Mitspielern. Leider war es auch Wolfi, der als erster von uns ging. Die Arbeit auf einen Radarturm zerstörte seine Gesundheit. Bummi weilt leider auch nicht mehr unter uns.

Anlässlich des 50. Jahrestages unseres letzten Auftritts versuchte ich einen Berliner Rundfunksender zu überzeugen eine Sendung von ca. einer Stunde mit den Originaltiteln aus dieser Zeit zu senden und dazu ein paar Infos zur Rockmusik im

Osten in dieser Zeit. Ich dachte, es wäre interessant auch diese Seite Ostdeutschlands zu beleuchten. Die großen Ostdeutschen Bands sind zum Glück gut im Westen angekommen. Die Probleme, die wir im Osten hatten sind jedoch leider nur den damals Betroffenen bekannt.

## Jung gefreit

Nach dem ich den Pionieren beigetreten wurde, konnte ich auch ins Pionierferienlager fahren. Meine Mutter ließ keine Möglichkeit aus, mich dort hin zu schicken. Ich war aber auch ganz froh darüber. War ich so doch drei Wochen von den Pflichten im Haus und auf dem Hof entbunden. Es waren fast immer schöne Tage, die ich so mit meinen Freunden verbringen konnte. Dadurch bin ich sogar einmal in die Winterspartakiade der Pioniere in Oberhof reingerutscht. Da ich schon ein paar Jahre zuvor ein paar Skier geschenkt bekommen hatte, konnte ich mich ganz gut auf den Brettern halten. Die aktuellen Skier stammten von meinem Vater aus den dreißiger Jahren. Eine alte Bindung, keine Stahlkanten waren bei den Wettkämpfen nicht gerade förderlich. Trotzdem gelang es mir ein paar Medaillen abzustauben. Ich war mächtig stolz.

Das war dann aber auch meine letzte Fahrt. Einer meiner Freunde, nennen wir ihn Peter, hatte von seinem älteren Bruder ein Paddelboot mit Außenbordmotor zur Verfügung. Ich hatte eine alte Zeltausrüstung. Und so zogen wir, wenn es irgendwie möglich war, los und machten Camping an der Alten Oder. Der Motor hatte ganze 1,5 PS und machte einen Höllen Lärm. Aber es machte trotzdem Spaß auf dem Wasser zugleiten, Pflanzen und Tiere am Ufer zu beobachten.

Mein 17. Geburtstag war nur wenige Tage vorbei, als wir wieder loszogen. Dieses Mal sollte es eine große Tour werden. Mit dem Paddelboot über das Schiffshebewerk in Niederfinow weiter Richtung Werbellinsee. Zum Werbellinsee mussten zwei weitere Schleusen überwunden werden. Genau zwischen den zwei Schleusen war es inzwischen so spät geworden, dass beide Schleusen Feierabend gemacht hatten. Ich war so sauer und wollte am liebsten am nächsten Morgen wieder Richtung Alte Oder fahren. Am nächsten Morgen war alles vergessen und es ging weiter. Bald lag der Werbellinsee in seiner ganzen Schönheit vor dem Bug unseres Paddelbootes. Ein toller Zeltplatz, versteckt hinter Schilf, war auch bald gefunden. Zelt aufbauen und einräumen war inzwischen reine Routine.

Am nächsten Tag mussten wir uns um unsere Versorgung kümmern. Vor allem Trinkwasser fehlte. Auf dem See, nicht weit von unserem Zeltplatz entfernt paddelten zwei junge Mädchen. Also hin und nach Wasser gefragt. Was ich dann aus der Nähe sah, haute mich sofort um. Im Boot saß das schönste Mädchen, das ich bisher in meinem Leben gesehen hatte. Leider saß sie in ihrem Paddelboot an der gleichen Position wie mein Freund Peter in seinem Boot. Mein Freund Peter war zwei Jahre älter als ich und machte auf Mädchen normalerweise mehr Eindruck. Am Abend brauchte es aber nicht viel Überredungskunst, um den Platz im Boot mit ihm zu tauschen. Scheinbar war meine Befürchtung, dass ich keinen Eindruck auf die wunderschöne Blondine machte, unbegründet. Auch sie hatte mit ihrer Freundin den Platz im Boot getauscht. Also saßen wir wieder verkehrt. Also Plätze tauschen mitten auf dem See. Ich schwebte im siebenten Himmel. Die Nächte verbrachte ich mit Träumen, wie ich das Mädchen endgültig für mich gewinnen kann. Ich bemühte sogar die Sterne. Es war die Zeit der Perseiden. Und bekannt ist, dass man sich bei den vielen Sternschnuppen etwas wünschen kann. Ich kann bestätigen, dieser Aberglaube stimmt. Wir sind inzwischen über fünfzig Jahre verheiratet.

Leider hat es mit meinem Freund und dem zweiten Mädchen nicht geklappt. Wie sich auch bald herausstellte, hatten die Eltern von meiner Freundin am See ein Grundstück gepachtet. Die Laune meines Freundes wurde immer schlechter. Trotzdem fuhren wir im nächsten Jahr wieder hin. Beim Versuch, ein paar andere Mädchen zu beeindrucken, rammte er das Tretboot dieser Mädchen. Das Tretboot hat den Zusammenstoß gut überstanden, unser Paddelboot nicht. Ein ca. halber Meter langer Riss klaffte am Bug des Paddelboots. Mein Schwiegervater, damals in Spe, half uns das Boot und unsere anderen Utensilien in seinem Trabant Kombi nach Hause zu fahren. Mein Freund saß vorne und ich hinten zwischen unserem Krempel eingeklemmt. Insgesamt hat mein Freund die Situation komplett falsch eingeschätzt. Und so ging die Freundschaft Stück für Stück und Jahr für Jahr weiter auseinander. Der Endpunkt war dann Mitte der siebziger Jahre. Ich traf ihn beim Tanken. Wir hatten uns gerade einen Mercedes gekauft. Er hat schein bar nie verstanden, dass zwei, die fest zusammenhalten, wenn auch nicht alles, doch sehr viel erreichen können.

## Das Studium

Vor der Immatrikulation an der TU Dresden stand noch ein Aufnahmegespräch an. Dieses fand noch vor den Abiturprüfungen statt. Examiniert wurde ich von einem Professor mit dem Spitznamen „Sandmännchen". Der Spitzname erklärte sich selbst, sobald man dem Professor gegenübersaß. Ein hellwacher Geist mit dem Aussehen des Sandmännchens des DDR-Fernsehen. Scheinbar war der Herr Professor mit meinen Antworten zufrieden. Leider war das nicht alles. Zu dem Prüfungsteam gehörte natürlich der übliche „Politoffizier". Der traktierte mich mit den üblichen sozialistischen Bekenntnissen und ich antwortete mit gewünschten Phrasen. Irgendwann hatte der Herr Professor ein einsehen und entließ mich. Im Zug nach Hause dachte ich nur noch, das wars.

Einige Wochen später kam dann doch die Zusagen für einen Studienplatz an der TU. Mein Klassenlehrer hielt die Beurteilung von Professor „Sandmännchen" in der Hand und wunderte sich über dessen Einschätzung. Leider habe ich diese Beurteilung nie zum Lesen bekommen.

Noch bevor das eigentliche Studium begann, kam von der Sektion Statik ein Schreiben. „Kaufen sie sich das Standardwerk zur Statik. Studieren sie dieses Buch. Und wenn sie zu Beginn des Studiums eine Prüfung bestehen ist für sie das Fach abgeschlossen." Ich erinnere mich noch genau. Jede freie Minute saß ich über dem Lehrbuch. Sogar bei meiner Freundin im Paddelboot nutzte ich jede Möglichkeit. Eigentlich war das Ende absehbar. Von dem ganzen Studienjahrgang haben Gerüchte Weise nur zwei Kommilitonen die Prüfung bestanden. Leider habe ich die Abschlussprüfung in diesem Fach noch einmal vergeigt. Ich fühlte mich durch das Selbststudium doch recht sicher. Statt die Vorlesungen regelmäßig zu besuchen, ging ich zur Firma Melkus und machte dort meinen Führerschein. Beim dritten Anlauf hat es dann doch mit Bravour geklappt.

Das nächste Highlight war die Chemieprüfung. Als ich den Prüfungsraum betrat wurde von dem Prüfer mit den Worten begrüßt : „Ach, ein Elektroniker. Die haben sowieso keine Ahnung von Chemie!". Zum Glück war Chemie an der Oberschule eines meiner Lieblingsfächer und so konnte ich den Raum mit einer 3 verlassen. Frei nach der Devise – die 3 ist die 1 des kleinen Mannes – war ich sehr zufrieden.

Ein positives Ereignis gab es in der Hochfrequenz. Wir sollten an Hand eines Experiments die, zu Hause vorher theoretisch ermittelten, Werte beweisen. Der zuständige Assistent meine nur, dass bei diesem Experiment noch nie die theoretischen Werte erreicht wurden. Ich sah mir den Messplatz an und zerlegte das Experiment in seine Einzelteile. Danach baute ich alles wieder ordentlich auf. Ich achtete dabei besonders auf die verschiedenen Messkabellängen. Danach konnte ich genau das Messen, was theoretisch zu erwarten gewesen war. Der Assistent glaubte natürlich, ich hätte die Werte der Theorie einfach als Messergebnisse eingetragen. Das Experiment funktionierte. Danach musste ich die Messungen vor allen Assistenten des Fachbereichs wiederholen. Als letztes kam auch noch der Sektionsprofessor und wieder stimmten bei mir

Theorie und Praxis überein. Die armen Studenten, die nach mir kamen.

Zum Studium gehörte auch ein praktisches Kurzsemester. Ich landete in einem Betrieb, der ein Messgerät für die damals gerade entwickelten Chiptechnologie entwickelte. Das „Messgerät" war so groß, wie zwei Kleiderschränke. Mir fiel der Einschub zu, der die Messwerte vergleichen musste und den Chip als „i.O." oder als Abfall kennzeichnen sollte. Der Einschub bestand aus mehr als 40 einzelnen Leiterplatten. Ich rechnete jeden Abend und jedes Wochenende, um den Einschub mit Hilfe der Booleschen Algebra zu optimieren. Das gelang. Das Ergebnis war ein Standardbaustein, der fertig im Materiallager lag. Mehrere dieser Standardbausteine auf vier Leiterplatten ersetzten nun die bisher 40 notwendigen Leiterplatten. Bei meiner Arbeit brachte ich leider nur meine Freude darüber zum Ausdruck, dass ich das Problem mit Standardbauteilen lösen konnte. Ich hätte besser den mathematischen Weg bis zu diesem Ergebnis ausführlich beschreiben sollen. Ein Fehler, den ich leider öfter noch gemacht habe.

Auf meine Diplomarbeit bin ich bis heute nicht sehr stolz. Es war eine rein theoretische Arbeit, da das von mir zu beschreibende Objekt der Geheimhaltung unterlag und ich nur rein theoretisch, so wie ich das Problem gelöst hätte, beschreiben konnte. Egal – bestanden. Nur wenige Monate später im Betrieb lieferte ich eine Arbeit ab, die ich gern als Diplomarbeit eingereicht hätte.

## NVA

In der DDR entging kein männlicher Jugendlicher der NVA. Es gab zwar die Spatensoldaten, aber damit konnte man bestenfalls noch Pastor oder Straßenfeger werden. Meine Grundeinstellung zu Waffen ist ohnehin völlig entspannt. Allerdings wollte ich auf keinen Fall 18 Monate meines Lebens in der NVA vergeuden.

Meine erste Begegnung fiel mit dem Abitur zusammen. Alle Jungs mussten zum Wehrkreis Kommando und dort sich möglichst für drei Jahre verpflichten und als Abiturient möglichst für eine Offizierslaufbahn entscheiden. Ich landete bei einem (wahrscheinlich) höheren Dienstgrad, der mich zu bearbeiten hatte. Auf alle Fragen druckste ich herum und antwortete möglichst ausweichend. So zog sich das Gespräch hin. Der Genosse Offizier wurde immer nervöser und ärgerlicher und ich wusste schon gar nicht mehr wie ich mich winden sollte. Dann platzte dem Offizier der Kragen und es platzte aus ihm heraus . „Wenn ich sowas wie sie schon sehe. Diese Abiturienten. Vorhin war ein Lehrling da. Das war eine Persönlichkeit. Der hat sich sofort für drei Jahre verpflichtet ! Ach, diese Abiturienten !" Und nun platzte es auch aus mir heraus : „Mein Vater wollte, dass ich Offizier werde. Aber wenn in dieser Armee Leute wie sie das sagen haben trete ich freiwillig nie ein !" Das schlug ein ! Vater, also Familie in Ordnung. Und der Herr NVA-Vertreter hat es nicht verstanden, mich zu überzeugen. Zum Glück hatte der Mann sich nicht über meine Familie im Vorfeld informiert. Für mich war das Gespräch damit glimpflich beendet.

Das nächste Mal traf es mich während des Studiums. Meine Fachrichtung wurde als besonders relevant eingestuft und um uns „Spezialisten" möglichst schnell der Industrie zur Verfügung zu stellen bekamen wir die Ferien gestrichen und zogen dafür in eine Kaserne ein. Das war eine extrem unangenehme Zeit. Die Vorgesetzten waren alles treue Vertreter der Arbeiterklasse und konnten sich nun an diesen Abiturienten, bzw. inzwischen Studenten, auslassen. Natürlich waren wir ständig am Nörgeln. Die Sinnlosigkeit der Befehle und zeitliche Aufteilung war immer wieder Grund für Diskussionen, die immer mit den Worten „Das ist ein Befehl und den haben sie auszuführen" beendet wurden. Einer dieser Lieblingsbefehle lautete : „Luftangriff von vorn bzw. von hinten". Daraufhin hatten wir uns, egal wo wir gerade standen, hinzuschmeißen. Da wir unsere Wehrausbildung auf den Uranhalden der Wismut AG absolvierten, hieß das wahlweise in einer Pfütze oder zumindest im Schlamm zu landen. Ich hielt mich immer etwas seitwärts, so dass die Folgen nicht ganz so schlimm waren. Irgendwann blieb einer einfach mitten in einer Pfütze stehen und warf sich nicht hinein. Daraufhin kam natürlich das übliche Geschrei der Vorgesetzten. Unser Kommilitone sagte nur ganz ruhig : „Ratta Bum Ratta Bum – Ich bin der Panzer !". Der Rest ging in einem Gelächter und Gejohle unter. Auch das Geschrei des Diensthabenden Unteroffiziers ging darin vollkommen unter.

Der zweite Lehrgang auf den Uranhalden war noch schlimmer. Ausgerechnet meine Seminargruppe wurde auserwählt, das leere Lager zu bewachen. Ich war voller Wut. Eine Woche weniger Zeit, die ich mit meiner Freundin verbringen konnte.

Wir liefen 24 Stunden am Tag am Zaun entlang und sollten verhindern, dass jemand das Lager unbefugt verlässt bzw. eindringt. Die Offiziere und Unteroffiziere vertrieben sich die Zeit mit verschiedenen Sportarten, vorrangig Ballspiele. So blieb es nicht aus, dass genau während meines Wachdienstes ein Ball über den Zaun flog. Sofort rannten einige los, um über den Zaun zu steigen und den Ball zurück zu holen. Noch bevor sie meinen Postenbereich erreichten schrie ich : „Halt ! Stehen bleiben !" und da sie der Aufforderung nicht nachkamen lud ich geräuschvoll meine Kalaschnikow durch. Das wirkte. Dann folgte das vorgeschriebene Prozedere. Um abzukürzen, die betroffenen Offiziere beschwerten sich beim Lagerkommandanten über mein Verhalten und forderten meine Bestrafung. Im konkreten Fall wäre das die Exmatrikulation von der Uni gewesen. Zum Glück entschied der Kommandant, dass ich mich gemäß der Dienstvorschrift korrekt verhalten habe.

Der nächste Vorfall ereignete sich während einer Schanzübung. Ich hatte mich mit einem ganz wichtigen Arbeitsgerät versorgt – einem riesigen Bolzenschneider. Völlig ungeeignet für den Schützengrabenbau. Aber ich sah mächtig wichtig aus. Beim Herumspielen mit dem Schneider brach eine Backe ab, was zu einer Diskussion zwischen mir und dem angereisten Oberst aus Berlin über die Materialschwäche führte. Den Diensthabenden Offiziere ließ der Genosse Oberst die ganze Zeit, während wir über die Bruchlinien diskutierten, strammstehen. Ich bemühte mich natürlich, das Gespräch so lange wie möglich zu ziehen. Ein herrliches Bild, das ich bis heute nicht vergessen kann.

Zur Ausbildung gehörten natürlich auch Märsche, gern auch Nachtmärsche. Um nicht aus dem Tritt zu kommen, mussten wir singen. Meistens klang das wie brubbel brubbel. Ich erinnere mich noch an einen Nachtmarsch bei dem wir auch durch Ronneburg kamen. Wie das Lied hieß, das wir sangen, kann ich mich nicht mehr erinnern, aber eine Zeile brüllten wir mit unserer gesamten Stimmgewalt : „Wann wird Deutschland wieder frei". Und das nachts um zwei Uhr in den kleinen Gassen von Ronneburg.

Der zweite Lehrgang endete mit der Vereidigung und damit waren die 18 Monate Dienst in der NVA mit zwei Lehrgängen erledigt. 18 Monate zusätzliche Zeit durch das Opfern von zwei Ferien gewonnen. Bei der Vereidigung bin ich natürlich wieder aufgefallen. Von Pionieren bekamen wir kleine Blumensträuße mit denen wir winkend an der militärischen Führung vorbeimarschierten. Danach sollten alle die Sträuße wegwerfen und militärisch korrekt noch einmal vorbeimarschieren. Ich brachte es nicht fertig und steckte mein Sträußchen einfach sichtbar an die Uniform. Das gab böse Blicke !

1982 erwischte es mich noch einmal. Aus irgendeinem Grund wurde ich zum Reservistendienst eingezogen. In der Kaserne angekommen stellte ich fest, dass mit mir Professoren, Doktoren und wahrscheinlich weitere Lieblinge der STASI dort vereint wurden. Schnell machte auch die Runde, dass ein Mitglied der de Maizière Familie in der Kompanie war. Meine Stimmung war natürlich entsprechend gedrückt. Nur widerwillig ordnete ich mich in den Soldatenalltag ein, da ich das Ganze für reine Zeitverschwendung hielt. Andere verhielten sich zurückhaltend und versahen ihren Dienst. Wieder andere stellten ihre Talente heraus und machten so den Soldatenalltag für sich erträglich. Soldat de Maizière hatte ein künstlerisches Talent. Er erstellte fast die gesamte Zeit ein riesiges Wandgemälde mit entsprechen heroischer Darstellung des NVA – Alltags. Ich konnte natürlich nicht mein vorlautes Mundwerk zügeln und brachte so den Kompaniechef Stück für Stück auf die Palme. Da meine Kritik aber nicht nur Gemecker war, sondern begründet, platzte dem Kompaniechef irgendwann der Kragen und ich wurde für eine Woche strafversetzt. Ich musste eine Woche lang den Schießplatz, tief im Wald, bewachen. Und um die Strafe noch zu verschärfen durfte ich meine Waffe nicht mitnehmen. „Bewaffnet" mit einem Kofferradio, Büchern, Schreibpapier und Stift verbrachte ich eine tolle Woche im Wald. Morgens, nach dem Frühstück, wurde ich von der kleinen Truppe, die am Schießplatz offiziell stationiert war mit meinen Utensilien und einem Verpflegungspaket in den Wald gefahren und abends wieder eingesammelt. So saß ich eine Woche bei herrlichem Wetter im Wald, hörte Radio, las meine Bücher und konnte Briefe schreiben. Am Ende der Woche wurde ich in die Kaserne zurückgebracht. Als ich vom LKW kletterte, braun gebrannt und gut erholt, stand die gesamte Kompanie zum Apell stramm. Alle mit grauen Kasernen Gesichtern und ich kam als Sommerfrischler zurück. Spätestens da muss es dem Kompaniechef gedämmert haben, dass die Bestrafung nicht sehr wirkungsvoll war. Die restlichen Wochen vergingen auch irgendwie. So oft wie möglich ging ich in den Ausgang. Oft waren die „alten" Herren, zu denen ich auch gehörte, nach dem Dienst einfach zu müde. Und wenn ich mal einen ganzen

Tag frei hatte, schmuggelte ich Zivilkleidung aus der Kaserne, zog mich in irgendeinem Hausflur um und fuhr mit dem Zug schnell zu meiner Frau und meinen Kindern. Wenn das rausgekommen wäre, hätte ich richtig ärger bekommen. Auch so wurde ich „bestraft". Bei der Entlassung wurde mir mitgeteilt, dass ich, wegen meiner mangelnden Einsicht in die Notwendigkeit, als Soldat entlassen werde. Mit welchem Dienstgrad die anderen Reservisten entlassen wurden, weiß ich nicht und es hat mich auch nicht interessiert. Ich fühlte mich mit meiner Beurteilung geehrt.

## Eigener Herd

Mitten im Studium hatten es meine Freundin und ich satt, dass wir uns nur ein, zwei Mal im Monat sehen konnten. Wir beschlossen zu heiraten. Von der Universität bekam ich eine Studentenbude, ein Zimmer bei einer alten Dame, nachgewiesen. Natürlich musste das Zimmer erst renoviert werden. Neue Tapete, Decke streichen usw. Ich weiß noch, dass der letzte Einsatz bis nachts um 2 Uhr ging. Unsere Wirtin war schon ganz verärgert. Meine Verlobte bekam so schon einen ersten Eindruck von mir. Sie war also gewarnt.

Nach der Hochzeit zogen wir ein. Mein Schwager hatte uns noch das Jugendzimmer meiner Frau nach Dresden gebracht. Meine Frau arbeitete und ich studierte an der TU. Aber das wichtigste war, wir waren endlich zusammen.

Nach dem Studium ging es nach Berlin. Zum Glück hatte ich dort eine Arbeitsstelle gefunden. Auch meine Frau konnte im selben Betrieb eine Tätigkeit aufnehmen. Als Unterkunft bekamen wir wieder ein Zimmer bei einer alten Dame. Ich erinnere mich noch, wie meine Frau das Zimmer sauber gemacht hat. Ein Eimer mit schwarzem Wasser folgte dem nächsten. Das Zimmer war wahrscheinlich seit Jahrzehnten nicht mehr gründlich gereinigt bzw. vermietet worden.

Zum Glück fanden wir nach einem viertel Jahr am Rande von Berlin eine Gartenlaube, die nach dem Krieg ummauert wurde und so zu einem Häuschen mutierte. Zwei Zimmer, eine kleine Küche, eine kleine Veranda, viel Nebengelass und ein großer Garten waren unser neues Reich. Toilette war übrigens noch ein Plumpsklo. Aber wenigsten Wasser gab es aus dem Hahn. Ich glaube, in den ganzen Jahren dort haben uns meine Eltern nie besucht.

Die Zeit verging und Nachwuchs meldete sich an. Der Versuch, eine Baugenehmigung zu bekommen, scheiterte kläglich an der, in Deutschland üblichen, Bürokratie. Aber ohne Abwasser und ohne vernünftige Waschmöglichkeiten wollten wir kein Kind aufwachsen sehen. Also tauschten wir die massive Gartenlaube gegen eine Wohnung direkt in der Stadt. Natürlich musste auch diese Wohnung erst einmal wohnlich gemacht werden. Die Zimmer in der Wohnung waren relativ klein, aber sie hatte eine sehr große Küche. So konnte meine Frau endlich die Wäsche mit der Waschmaschine waschen und für uns gab es eine Duschkabine. Ein besonderes Highlight in der Wohnung war dann noch – wir hatten Telefon. Eine absolute Rarität in der DDR. Als alles rund herum so ziemlich in Ordnung war, meldete sich der nächste Nachwuchs an. Damit wurde die Wohnung, als das zweite Kind da war, zu klein.

Zum Glück bekamen wir im Prenzlauer Berg ein zweieinhalb Zimmer Wohnung nachgewiesen. Eine Ausbauwohnung, das hieß, alles muss neu gemacht werden. Es war eine sehr schöne Wohnung. Mit hohen Decken und Stuck Ornamenten. Alles sehr heruntergekommen. Also war renovieren angesagt. Wände aufstemmen für neue Leitungen. Die alten Öfen wurden rausgerissen und durch eine Etagenheizung ersetzt. In der Kammer neben der Küche fand unsere Duschkabine Platz. Nach mehreren Monaten Arbeit nach Feierabend und an den Wochenenden war die Wohnung frisch renoviert, dank Etagenheizung schön warm, fertig zum Einziehen. Ich erinnere mich noch heute an den Schreck, als ich am ersten Morgen nach dem Aufstehen die Jalousien hochzog. Ich hatte bis dahin gar nicht realisiert, dass wir Parterre wohnten. Jeder, der auf dem Bürgersteig lief, schaute bei uns ins Fenster rein. Das gab einen ziemlich tiefsitzenden Knacks. Aber die Zeit verging, die Kinder wuchsen heran und kamen in die Schule. Der Wohlstand wuchs mit. Ein Farbfernseher, für den ich mich mit meiner Kollegin nachts um zwei Uhr im Winter anstellte, wurde gekauft. Aus unserem ersten Auto wurde unser erster Mercedes.

In diesem Zusammenhang fällt mir noch eine niedliche Anekdote ein. Was macht ein Deutscher am Sonnabend – er putzt sein Auto. Ich schloss mich von diesem Ritual natürlich nicht aus. Außerdem gab es an unserem Mercedes immer irgendwas zu basteln. Also ging es bei schönem Wetter auf der Straße wieder einmal los. Motorhaube auf, Kofferraum auf und auf einer Decke das Werkzeug ausgebreitet. Und schon wurde fleißig geputzt und geschraubt. Irgendwann rief meine Frau zum Kaffeetrinken. Im Fernsehen lief etwas Interessantes. Die Zeit verging. Der Abend kam, die Nacht kam. Am nächsten Morgen ziehe ich die Jalousien hoch. Was ich da sah ließ das Blut in meinen Adern stocken. Da stand unser Auto. Motorhaube und Kofferraum offen. Dahinter die Decke mit Werkzeug. Draußen konnte ich dann feststellen, dass nichts beschädigt bzw. gestohlen war. Manchmal denke ich, dass die STASI auf mein Zeug gut aufgepasst hat. Vielleicht waren es aber auch die ehrlichen DDR-Bürger, die alles so ließen, wie es war. Das wäre heute völlig undenkbar !

Die Kinder wurden größer. Es wäre daher schön, wenn jeder sein eigenes Zimmer hätte. Meine Frau träumte, seitdem sie als Schülerin bei ihrer Lehrerin in der Wohnung war, von einer Neubauwohnung. Wir waren beide in Einfamilienhäuser auf großen Grundstücken aufgewachsen. Bei mir hatte sich die damit verbundene Freiheit eingeprägt. Meine Frau sah eher, dass in einer Neubauwohnung immer alles sauber und ordentlich war. Also starteten wir das Projekt Neubauwohnung. Das ging am besten über eine Wohnungsbaugenossenschaft. Das hieß Geld einzahlen und Arbeitsstunden leisten. Nach wenigen Jahren hatten wir alle Stunden zusammen und bekamen eine vier Zimmer Neubauwohnung in Marzahn zugewiesen. Als wir gemeinsam das erste Mal die Wohnung betraten, meine Frau mit entsprechender Vorfreude, passierte es. Die Wohnung hatte rund herum Außenwände, was im Winter ziemlich kalt bedeutete. Der Balkon hatte direkten Blick auf die Stirnwand des nächsten Blocks. Wer die Neubauten kennt, weiß dass die Wände nicht gerade sind, die Küche praktisch mitten im Wohnzimmer ist und das Bad keine Fenster hat. Meine Frau sagte nur : „Hier ziehe ich nicht ein !"

Ich hatte den Traum vom eigenen Haus nie aufgegeben. Und so kam es, wie es kommen musste. Die Neubauwohnung war uns zugewiesen und ich fand ein Haus fast mitten in Berlin und doch im Grünen. Das Haus gefiel meiner Frau auch sofort. Jetzt begannen völlig unerwartete Probleme. Im ersten Bezirk wohnten wir, im zweiten Bezirk hatten wir eine Neubauwohnung und im dritten Bezirk wollten wir ein Haus kaufen. Da war die DDR-Bürokratie so richtig gefordert. Jeder

Bezirk verwaltete seinen Wohnraum und wollte sich verbessern. Nach sechs Wochen waren endlich alle Unterschriften zusammen. Unsere Neubauwohnung bekam ein junges Pärchen, die natürlich überglücklich waren. Unsere Parterrewohnung bekam ein anderes Pärchen, die aber gar nicht so glücklich waren. Sie konnten überhaupt nicht schätzen, was wir aus der Ausbauwohnung gemacht hatten.

Kaum eingezogen, es war der siebente Umzug seit unserer Hochzeit, in das eigene Haus ging die Arbeit wieder los. Das Haus stammte aus dem Jahr 1934 und entsprechend war der Zustand der Versorgungsleitungen. Also wieder Wände aufklopfen, Leitungen verlegen. Trennwände abreißen und versetzen. Teilweise lag der Schutt auf dem Flur und in den Zimmern Zentimeter hoch. Lediglich unser Schlafzimmer war zum Einzug fertig. Und so vergingen die Jahre und das Haus, eine Garage und der Garten waren fertig. So gut es eben unter sozialistischen Bedingungen ging. Mit der Wende kamen dann neue Möglichkeiten. Die Fenster, die nur wenige Jahre zuvor aufwendig aufgearbeitet worden waren, wurden gegen moderne ausgetauscht. Die Fassade erhielt eine Wärmedämmung und wurde verklinkert.

Parallel dazu begannen wir das Wochenendgrundstück, das meine Frau geerbt hatte, neu aufzubauen. Meinen 50. Geburtstag feierten wir dann schon in dem fast fertigen neuen Wochenendhaus. Zwei Jahre später hatten sich die westlichen Erben des Grundstücks unter den Nagel gerissen und es mit unserem Haus sehr teuer verkaufen können. Alle Versuche vor Gericht doch durchzusetzen, dass wir unser Haus behalten können und das Grundstück an uns verkauft wird, scheiterten.

Der westdeutsche Richter entschied, dass die Erben das Grundstück an wen sie wollen verkaufen können. Unser Haus könnten wir mitnehmen. Jedes Haus ist transportabel. Notfalls durch Abriss.

Wieder stand ein Neuanfang bevor. Wir fanden ein Haus am Wald, nicht weit ab von mehreren Seen. Leider stand das Haus schon 10 Jahre leer. Also ging das ganze Programm von vorne los. Dach, Fenster, Türen, Heizung usw. neu.

Heute sind wir mit unserem Altersruhesitz sehr zufrieden. Wir wohnen ruhig im Grünen. Was will man nach über 40 Jahren in Berlin mehr. Was wir nicht bedacht hatten, dass man in Brandenburg in einem Dorf, in dem man leben will, auch geboren worden sein sollte. Ansonsten ist man ewig der Fremde, zumal wenn man aus Berlin zugezogen ist. Das gilt auch und vor allem für die lokale Verwaltung. Zum Glück sahen das die Ämter im Landkreis immer anders. Aber das kostete doch viel Zeit und Nerven.

Übrigens haben uns weder mein Bruder noch meine Eltern bzw. mein Vater all die Jahre irgendwie unterstützt. Sie selbst haben oft und gern meine Hilfe angenommen, auch als ich längst eine eigene Familie hatte.

## Sozialistischer Großbetrieb

Nach dem Studium startete ich meine Kariere in einem sozialistischen Großbetrieb der Elektronikbranche. Ich landete in einer so genannten Querschnittsabteilung, die aus dem Chef, einer Sekretärin und nun mich bestand. Querschnittsabteilung bedeutete, dass man überall eingesetzt werden konnte, aber das reichte mir nicht. Ich verordnete mir selbst einen Einsatz nach und nach in allen Abteilungen, die mit Technik zu tun hatten. So landete ich auch eines Tages im Lager und kommissionierte dort Material für eine Baustelle. Dazu gehörten auch ein paar Meter Spezialkabel, die natürlich nicht am Lager waren und Nachschub war ungewiss. In einer Ecke des Lagers lagen Kabelreste, die von fertiggestellten Baustellen zurückgekommen waren. Nach langem Suchen fand ich sogar das benötigte Spezialkabel. Anstatt nun ein Lob zu bekommen und die Kommissionierung erfolgreich abzuschließen, bekam ich die Anweisung das Kabel zurück zu legen. Aus meiner heutigen Sicht war das wirklich Sabotage. Leider ein Begriff, der in der DDR etwas inflationär verwendet wurde.

Ausgestattet mit dem Gesamtüberblick zog es mich verstärkt zum EDV-Bereich. Ich hatte das Glück sofort einen Lehrgang für Programmierung von Großrechnern zu bekommen. Es war ein noch größeres Glück, das die Ausbildung an einem IBM-Rechner stattfand. Die späteren ESER-Rechner waren komplette Nachbauten der IBM-Großrechner.

Da ich eher ein praktischer Mensch bin, blieb ich nicht in der Entwicklung, sondern ging zur Anwendung. Dort sah man nicht nur, wie die Programme liefen, sondern auch

Optimierungspotential. Das führte zwar zu einigen Konflikten mit den Entwicklern, aber auch zu vielen Neuerervorschlägen, die mir und meinen Mitarbeiter ab und zu ein paar zusätzliche Mark in die Tasche spülten. Nebenbei wurde die Rechner auch weniger belastet. Ich erinnere mich, dass ein von mir überarbeitetes Programm nur noch ein zweihundertstel der ursprünglichen Zeit benötigte. Nebenbei stieg ich die Karriereleiter Stück für Stück nach oben. Am Ende war ich Leiter eins betriebseigenen kleinen Rechenzentrums mit vier Bereichen. Der Weg war natürlich gepflastert mit diversen Rücksprachen, da sich meine politische Meinung nicht geändert hatte. Aber auch die Kommunisten brauchten Leute, die arbeiten. Nur Hurra – Parolen reichten nicht.

Als Rentner im Westen werde ich nun bestraft, weil ich mich nicht systemkonform verhalten habe. Die so genannte Intelligenzrente wird mir im Westen von der Deutschen Rentenversicherung verweigert, weil mir durch mein kritisches Verhalten gegen den DDR-Sozialismus natürlich entsprechende Zusagen der SED bzw. STASI fehlen. Übrigens, bundesdeutsche Richter haben sich dieser Auffassung bisher immer zu eigen gemacht !

## STASI

Als mein Vater 1958 verhaftet wurde, durchsuchte eine ganze Armada fremder Menschen unsere Wohnung. Als damals zehn jähriger glaubte ich natürlich, es wären Polizisten. Tatsächlich war es die Stasi. Und das verwerflichste daran, darunter waren auch angeheiratete Verwandte aus der Familie meiner Mutter. Wie zu Hitlerzeiten schreckten die DDR-Genossen vor nichts zurück.

Während meiner Zeit in der Band „Die Fünf" hatte ich den organisatorischen Teil unserer Auftritte übernommen. Das führte dazu, das ich einige Male ins örtliche Polizeipräsidium geladen wurde, wo ich mich dann für unsere Auftritte rechtfertigen musste. Diese Treffen waren zum Glück immer harmlos. Ich gab mich einsichtig und versprach Besserung. Außerdem hatten wir zum Glück in der SED-Kreisleitung einen Führsprecher. Außerdem waren unsere Auftritte immer darauf ausgerichtet, das Publikum „anzuheizen" aber auch zu unterhalten. So wählten wir die Musikstücke immer so aus, dass nach richtig hartem Rock 'n Roll ein Schmusestück kam. Damit wurden alle Seiten des Jungseins befriedigt.

Meine Studienzeit in Dresden verlief relativ ruhig. Meine Freundin war mir wichtiger als Treffen und Saufgelage in Studentenkreisen. Obwohl ich aus meiner Einstellung nie einen Hehl machte, ließ man mich zufrieden, da ich keinerlei Verbindungen hatte. Anderen Studenten ging es da wesentlich schlechter. In einem kleinen Kreis hatte ein Student ein Spottlied auf Walter Ulbricht zum Besten gegeben. Einer in diesem Kreis war scheinbar für „Horch- und Guck" tätig.

Ergebnis – alle Mitglieder dieser Runde wurde sofort exmatrikuliert und durften sich in der Produktion bewähren. Noch schlimmer traf es eine andere Seminargruppe. Es war die Zeit des Prager Frühlings. Als diese Seminargruppe aus der Mensa kamen, flog eine Staffel Hubschrauber über Dresden Richtung Prag. Einer äußerte angeblich : „Die Hunde müsste man abschießen". Wie es direkt danach weiterging weiß ich nicht, aber das Ergebnis bekamen wir mitgeteilt – die gesamte Seminargruppe wurde exmatrikuliert.

Nach dem Studium fand ich in Berlin in einem großen VEB der Elektrotechnik eine Anstellung. Auf Grund meines Studiums war ich natürlich für eine Leitungsfunktion vorgesehen. Dazu musste ich natürlich eine entsprechende Schulung bekommen. Am Ende dieses Seminars sollte jeder seine persönliche Perspektive darstellen. Meine Ziele waren natürlich völlig unsozialistisch. Ich gab als Ziele z.B. eine eigenes Haus, Auto, Farbfernseher usw. an. Das gefiel den Dozenten natürlich überhaupt nicht. Auf Nachfrage sagte ich den überzeugten Dozenten, dass, wenn man nicht sofort umdenkt, in spätestens 25 Jahre nur noch zwei Optionen hätten nämlich aufgeben oder einen Krieg vom Zaun brechen. Wie man inzwischen weiß, hat es nur noch 17 Jahre bis zum Mauerfall gedauert.

Eine ähnlich visionäre Eingebung hatte ich bei einem ähnlichen Seminar Ende der siebziger Anfang der achtziger Jahre. Bei der Gelegenheit stellte ich die Frage, warum man weiter mit Mauer, Stacheldraht und Schießbefehl droht. Warum droht man nicht mit der Öffnung der Mauer. Dann kommt Strauß persönlich und bezahlt die Bewacher. Im Sommer 1983 kam dann tatsächlich Strauß mit einem Milliarden Kredit und verlängerte so die Existenz der DDR. Er hatte wahrscheinlich den Weitblick, dass die Zeit noch nicht reif war.

Auch als Leiter habe ich aus meiner Einstellung zum Sozialismus keinen Hehl gemacht. Entsprechen bekam ich immer wieder Stasi-Mitarbeiter in die Abteilung gesetzt. Da in meiner Abteilung aber nur Spezialisten gebraucht wurden, waren es stets intelligente Mitarbeiter. Da ich immer nur offensichtliche Fehler und Missstände anprangerte, erhielt ich oft Unterstützung von ihnen. Leider meist mit bösen Folgen für sie persönlich. Sie wurden ausgetauscht. Da ansonsten die übrigen Mitarbeiter meine Meinungen teilten, konnte ich auch Aktionen, wie z.B. das Fernbleiben zu Maifeiern organisieren. Ich setzte dann immer einen „Subbotnik" an und niemand musste Demonstrieren gehen. Das klappte bis 1989. Da hatte sich die Schlinge doch so weit zugezogen, das ich selbst zur Maidemonstration ging. Die Bilder, die ich da sah, werde ich nie vergessen. Auf der Haupttribüne stand Erich Honecker persönlich. Auf der Straße defilierte die jubelnde Masse. Die eigentlich etwas lichten Reihen wurden von einem Trupp mit riesigen Ballons aufgefüllt, die den Zug, wenn sie an der Tribüne vorbei waren wieder verließen, hinter der Tribüne zu den ankommenden Demonstranten rannten und sich wieder einreihten. So entstand ein scheinbar nicht endender Strom von Demonstranten. Was mich allerdings entsetzte, waren junge Mütter, die ihre Babys und Kleinkinder in Richtung Tribüne hochhoben, damit sie Erich Honecker möglichst nah kamen. Ich konnte das Bild einfach nicht fassen und meine Mitarbeiter zogen mich nach geraumer Zeit einfach weiter.

Angespornt durch diese Erfahrung begann ich Schriften über die Mängel zu verfassen. Außerdem vervielfältigten wir in der Abteilung auch Schriften des Neuen Forums und anderer Gruppen. Am 8. Oktober 1989 kam die Quittung. Als ich am Morgen zur Arbeit kam, waren meine Räume versiegelt und keiner meiner Mitarbeiter war zu sehen. Es kläre sich schnell auf. Zwei freundliche Herren führten mich in den Konferenzraum, wo alle meine Mitarbeiter saßen. Als ich im Raum war, hielt der Betriebsdirektor eine flammende Rede gegen mich. Anschließend wurde ich zur „Klärung eines Sachverhalts" in die Keibelstraße gebracht. Dort wurde ich drei Tage lang verhört. Leider ist das dreißig Seiten lange Protokoll bis heute nicht aufgetaucht. Der Stasi-Offizier stellte sich als derjenige vor, der Frau Bohley zur Strecke gebracht hatte. Zum Abschluss meines Verhörs meinte er nur – Mit Leuten wie Frau Bohley werden wir fertig. Sie sind gefährlich, sie wissen was sie wollen. Ein tolles Lob, leider das einzige, das ich bis her für meinen Einsatz für die Deutsche Einheit erhalten habe. Ich bekomme nicht einmal die Zusatzrente (Intelligenzrente), die alle meine sozialistischen Leiterkollegen erhalten, weil ich natürlich keine entsprechende Zusage von den SED-Genossen bekam.

## Sturm auf die STASI-Zentrale

Im Januar 1990 wurde zu einer Demonstration vor der STASI-Zentrale aufgerufen. Meine Frau und ich gingen auch hin. Wir standen am Rande der Demonstration und wunderten uns über die gespenstische Ruhe. Es regte sich nichts auf dem STASI-Gelände. Es dauerte auch nicht lange, bis die ersten begannen, das Tor zu erklimmen und es öffneten. Die Massenströmten in den Hof ohne jegliche Gegenwehr. Als ich das sah, war mir klar, dass es sich nicht um eine Erstürmung handelte, sondern eine gezielte, von anderen gesteuerte, Aktion. Ich ging am nächsten Tag wieder hin. Im Foyer der STASI-Zentral saß ein junger Mann, der versuchte ein bisschen Ordnung in das Chaos zu bringen. Mit ihm besprach ich das weitere Vorgehen und bot ihm an, auf Grund meiner Kenntnisse und Möglichkeiten, das Rechenzentrum der Staatssicherheit zu sichern. Ich bekam einen Zettel mit einer Registrierungsnummer des selbsternannten Komitees. Damit ausgestattet und mit Technikern meiner Abteilung und von Robotron fuhren wir in die Wuhlheide, ins dortige Rechenzentrum der Stasi. Der Chef des Rechenzentrums war sehr erregt und sagte dauernd – wir haben doch nur unsere Arbeit gemacht. Er merkte aber sehr schnell, dass wir auch Spezialisten und keine Chaoten waren. Wir wurden zwar nicht gerade unterstützt aber auch nicht behindert. Das Rechenzentrum selbst war materiell sehr gut ausgestattet, ohne jedoch irgendwelche Besonderheiten. Während wir in meinem Betrieb schon experimentierten Großrechner über Modem aus der Ferne zu bedienen fuhren die Mitarbeiter noch mit Bergen von Listen zu den Grenzübergangsstellen.

Nachdem wir die Anlage ordentlich gesichert hatten verabschiedeten wir uns und vereinbarten, dass wir am nächsten Tag zum Schichtbeginn wiederkommen und die Daten sichern. Als wir, wie vereinbart erschienen, fanden wir das totale Chaos vor. Die Geräte und Maschinen waren mit Vorschlaghämmern zertrümmert worden. Es gab keine Möglichkeit, die Daten, die viel über die Geschichte und Abläufe in der DDR hätten aussagen können zu sichern. Die Zerstörungen waren angeblich von Angehörigen der Ost-SPD vorgenommen worden. Mir war nun endgültig klar, dass die ganzen Ereignisse um die Stasi herum nicht von der Bevölkerung gesteuert wurden. Es ging darum, möglichst wenig Informationen frei zu geben und vielen systemtreuen Menschen den Weg in die neuen Zeiten zu ermöglichen. Das Ergebnis konnten man bald überall, vor allem in den Ämtern, spüren. Eine Lieblings Formulierung in der neuen Bundesrepublik war – Ihr habt es ja so gewollt !

## Mauerfall und Deutsche Einheit

Nachdem die Stasi mich wieder aus ihren Fängen entlassen hatte, ging es rapide Abwärts mit der DDR. Nach der Großdemo am 4. November war klar, das Ende ist nah. Sogar die sozialistischen Einheitsmedien schwenkten um und unterstützten die Opposition. Nach dem Mauerfall ging alles sehr schnell. Mit der Währungsunion kam auch das Ende des sozialistischen Großbetriebes, in dem ich seit dem Ende meines Studiums gearbeitet hatte. Jetzt konnten die sozialistischen Leiter endlich Kapitalismus spielen. Es war klar, jetzt kam die Rache. Als ich wie immer Ende August aus dem Urlaub kam gab man mir noch vier Wochen alle Mitarbeiter meines Bereiches zu entlassen. Hatte sie mich doch Jahrelang unterstützt. Sowohl bei der Erbringung bester Arbeitsergebnisse als auch bei meinem Protest gegen das System. Also hieß es sofort für alle Mitarbeiter Zeugnisse ausstellen und sie dem damals doch sehr ungewissen Arbeitsmarkt überlassen. Wie sich herausstellte, kamen doch alle sehr gut unter. Da sie unter meiner Leitung immer ordentliche Arbeit abliefern mussten und schlechte Ergebnisse nicht mit sozialistischen Hurra-Parolen ersetzen konnten, kamen sie in dem neuen System sehr gut zurecht. Der Rest des Betriebes überlebte auch nur noch wenige Monate. Dann waren auch die restlichen 1400 Mitarbeiter entlassen. Natürlich hat der ehemalige Betriebsdirektor, der das alles unterschrieb, als einer der wenigen, einen guten Posten bekommen.

Auch für mich erwies sich die frühe Entlassung als Vorteil. Bevor man im Westen überhaupt begriff, dass man die ostdeutschen Arbeitnehmer anders behandeln kann als die Westlichen, hatte ich schon einen neuen Job in Westberlin. Auch wenn der Name und der Standort der Firma mehrfach wechselte, war ich bis zur Rente eigentlich immer im selben Betrieb. Abgesehen von den ersten zwei Jahren, wechselten der Chef und alle Mitarbeiter mit.

Privat ging es auch scheinbar voran. Von meinen Schwiegereltern hatten wir die Rechte an ihrem Wochenendgrundstück geerbt. Die Hütte, wie wir das Wochenendhaus nannten, gehörte nun uns, das Grundstück gehörte einer westlichen Erbengemeinschaft. Aber alles schien weiter zu laufen wie bisher. Wir dachten uns auch nichts dabei, als wir einen neuen Vertrag bekamen. Eigentlich ging es nur darum die Pacht den neuen Zeiten anzupassen.

Die neue Zeit brachte Baumärkte und damit Baumaterial in Hülle und Fülle. Was lag näher, die Hütte gründlich zu renovieren. Das Einverständnis des Verwalters lag vor. Also los ging es. Die Renovierung sah so aus, dass ich um die alte Hütte ein neues Fundament zog und darauf die Wände aus Gasbeton entstanden. So wie der Bau voran ging wurde die alte Hütte sukzessiv abgerissen. Am Ende stand eine neue Hütte, die wir später als Rentner im Sommer als Altersruhesitz nutzen wollten. Die Rechnung hatten wir allerdings ohne die Erbengemeinschaft gemacht. Kaum war alles fertig und wir hatten gerade den ersten schönen Sommer verbracht meldete die Erbengemeinschaft Ansprüche an. Das Grundstück sollte Gewinnbringend verkauft werden. Mit unserer Hütte war nun natürlich besonders attraktiv. Es wurde für uns ein völlig illusorischer Preis aufgerufen. Bei guten Bekannten fanden wir dann doch noch Unterstützung, so dass wir den Preis hätten sogar stemmen können. Jetzt legte die Erbengemeinschaft aber nach. Sie wollten uns das Grundstück auf keinen Fall verkaufen. Schließlich hatten wir es jahrelang genutzt. Jetzt wären andere mal dran. Wir konnten machen, was wir wollten, das Grundstück wurde uns praktisch unterm Hintern weg verkauft. Der Gang zum Gericht brachte auch nichts. Der Westdeutsche Richter meinte nur, wir könnten unsere neu gebaute Hütte doch mitnehmen. Jedes Haus ist transportabel, notfalls durch Abriss. Hier schlugen die Fehler, die bei der Deutschen Einheit gemacht wurden, voll zu. Mit dem neuen Besitzer konnten wir zwar noch eine kleine Entschädigung aushandeln, aber unterm Strich blieb ein immenser Verlust an Geld und Zeit.

Wie so oft im Leben, wenn uns jemand ein Bein gestellt hatte, konnten wir auch dieses Mal etwas positives Erreichen. Gewohnt an ein eigenes Wochenendgrundstück zogen wir los uns suchten nach etwas neuem. Fündig wurden wir in einer sehr schönen Wald- und Seenreichen Gegend. In einem ehemaligen Ferienbetriebes eines sozialistischen Großbetriebes fanden wir ein Haus. Das Haus stand zu diesem Zeitpunkt fast zehn Jahre leer. Entsprechend heruntergekommen war der Zustand. Also begannen wir wieder einmal ganz von vorn. Dach neu, Fenster und Türen neu, Wände versetzt, Decken und Fußböden neu, das Haus isoliert. Das dauerte wieder fast zehn Jahre. Dann war sie fertig, unsere neue Hütte, unser Altersruhesitz. Mit Ruhesitz kann eigentlich nicht die Rede sein. Auf einem Grundstück gibt es immer Arbeit.

Man sieht, wir durften alle Fehler, die bei der Deutschen Einheit gemacht wurden durchleben. Irgendwie hatten wir uns den Westen logischer und gerechter Vorgestellt.

## F.D.P.

Für mich war die F.D.P. immer die Partei. Genscher, Otto Graf Lambsdorff und die vielen anderen waren für mich die politischen Vorbilder. Das gesellschaftliche Modell, das das F.D.P. Programm skizzierte, war für mich das plausibelste. Die Mauer war gerade gefallen, da war ich auch schon Mitglied der LDPD. Für mich war klar, die Deutsche Einheit kommt und dann wird aus der LDPD und der F.D.P. wieder die LDP, so wie sie bereits 1945 für Gesamtdeutschland gegründet wurde. Einer der vielen Irrtümer in Zusammenhang mit der deutschen Einheit.

Egal. Ich war mitten drin und auch Delegierter des Einigungsparteitages, bei der die LDPD der F.D.P. zur Gesamtdeutschen F.D.P. wurde. Wichtig für mich war das Parteiprogramm. Und so brachte ich mich aktiv ein. Das bedeutete Plakate aufhängen, Wahlveranstaltungen, Bürgerdiskussionen, Parteitage und zu guter Letzt auch noch Kandidatur für das Berliner Abgeordnetenhaus. Bei einer dieser Parteitage geschah es dann, Hermann Oxford wurde abgewählt und Frau von Braun übernahm das Ruder in der Berliner F.D.P. Wie sich leider zu spät herausstellte, eine demokratische Fehlentscheidung.

Ich muss wohl recht überzeugend gewesen sein, denn mein Bezirksverband wählte mich auf die Liste für das Abgeordnetenhaus. Ich erreichte in meinem Bezirk in Ostberlin das beste Ergebnis, knapp über 7 %. Natürlich war ich überzeugt, dass ich mich nun aktiv für die Ziele der F.D.P. und meinen Stadtbezirk einsetzen könnte. Zur ersten

Zusammenkunft kam ich zu spät. Auch ich hatte in Zusammenhang mit der Währungsunion meinen alten Job verloren und war gerade dabei, mich in meinem neuen zu bewähren. Als ich in den Besprechungsraum kam, sahen mich allen an mit Gesichtern, die sagten, was will der denn hier. Ich wurde dann auch sehr unsanft aus meinen politischen Träumen gerissen. Mein Wahlkreis war sehr klein und deshalb kamen zwei Mitglieder aus dem Bezirk Neukölln ins Abgeordnetenhaus, obwohl die gerade einmal die 5 % Hürde überschritten hatten. Diese Entscheidung hat sich für die F.D.P. in Berlin nicht ausgezahlt, ganz im Gegenteil. Für mich schon. Wenn ich nur daran denke, wie die Abgeordneten, die nach den nächsten Wahlen kein Mandat mehr abbekommen hatten, rudern mussten, um im „normalen" Leben weiter über die Runden zu kommen, bin heute noch froh über die damalige Entscheidung der Berliner F.D.P.

Ich blieb natürlich dran, allerdings nun ohne selber noch einmal das passive Wahlrecht wahrzunehmen. Ich erinnere mich gerne an die vielen Nachtsitzungen, die Diskussionen mit Otto Graf Lambsdorff, Zusammentreffen mit Hans – Dietrich Genscher und gemeinsame Aktionen mit Günter Rexrodt. Trotzdem die Darstellung in der Presse immer negativer wurde, blieb der „alte Stamm" zusammen und versuchte das Image der F.D.P. bei der Wahlbevölkerung aufzupolieren und zu überzeugen. Das ging so, bis ich kurz vor der Rente war und aus Berlin raus nach Brandenburg zog. Das war das, was man einen Kulturschock nennen kann. Mehr als 20 Jahre nach dem Mauerfall landete ich in der alten Blockpartei LDPD, obwohl sie inzwischen unter F.D.P. firmierte. Alte LDPD Kader führten das

Wort und die einfachen Mitglieder hatten staunend zu schweigen. Das habe ich mir natürlich nicht lange angeschaut. Ich beendete abrupt meine Bemühungen, mich aktiv einzubringen. Aus meiner Sicht ist die FDP inzwischen praktisch bedeutungslos geworden, da sie keine eigenen Themen mehr voranbringt und ausschließlich damit beschäftigt ist, alten bewehrten Mitgliedern Posten zu verschaffen. Früher richteten sich die s.g. Volksparteien an der FDP aus, heute geben andere die Richtung vor.

## Autos

Das Autovirus wurde mir praktisch schon in die Wiege gelegt. Gegenüber dem Haus meiner Großeltern, in dem ich geboren wurde, befand sich eine Autowerkstatt. Sobald ich laufen konnte, war ich in der Werkstatt um zu zuschauen. Ich nutzte auch später jede Möglichkeit um mich in der Autowerkstatt umzuschauen. Meine Eltern waren mit dem Ehepaar befreundet, dass die Werkstatt betrieb. Das Ehepaar war zwar älter als meine Eltern, aber Kinderlos. Wahrscheinlich mit ein Grund, warum ich mich in der Werkstatt jederzeit aufhalten durfte. Leider beendeten meine Eltern die Freundschaft mit diesem Ehepaar, nach dem mein Bruder geboren war. Ich ging zwar weiter regelmäßig in die Werkstatt, aber es wurde im Laufe der Zeit natürlich immer weniger.

1959 kauften meine Eltern einen Wartburg. Zu dieser Zeit war das noch mit geringer Wartezeit möglich. Damals, auch im internationalen Vergleich, war der Wartburg ein sehr schönes Auto. Die Karosserie war vergleichbar mit Autos aus Westdeutschland. Die Technik, vor allem der Motor, waren veraltet. Der Motor zum Beispiel hatte große Ähnlichkeiten mit Dreizylinder Zweitaktmotor von 1936. Außerdem hatte das Auto eine 6 V Anlage. Da meine Eltern den Wagen nur sehr selten nutzten (nur 12 Tkm in 10 Jahren) gab es immer Probleme, wenn der Wagen die Garage verlassen sollte. Obwohl ich damals kaum 12 Jahre war, fiel es mir bald zu, den Wagen zu starten. Jetzt kamen mir die Erkenntnisse, die ich in der Kfz-Werkstatt gesammelt hatte, zu gute. Aber das Problem ging weiter. Gleich nach der Garagenausfahrt musste man eine ca. 30 – 35 % Steigung nehmen und zwar auf reinem Sand. Ich erinnere mich, dass manchmal viele starke Arme notwendig waren, um den Wagen auf festen Untergrund zu schieben. Der Frontantrieb des Wartburgs war dabei nicht hilfreich. Als ich dann endlich selbst einen Führerschein hatte, durfte ich auch manchmal damit fahren. Und manchmal fuhr ich auch damit, wenn niemand da war, um mir die Erlaubnis zu erteilen. Nach dem der Wagen etwa zehn Jahre im Besitz meiner Eltern war, musste ich ihn verkaufen, da meine Eltern das Geld in den Neubau ihres Hauses stecken wollten. Außerdem hatte mein Vater zu dieser Zeit auch schon einen Dienstwagen, einen roten Moskwitsch.

Die nächsten fahrbaren Untersätze waren Zweiräder. Als Student fuhr mit einem Tatran durch die Gegend. Für seine Zeit ein durchaus ansprechender Roller. Mit Dynastarter und weiteren Extras war es ein durchaus akzeptables Gefährt. Später fuhren meine Frau und ich sogar von Dresden, wo ich studierte, die mehr als 250 km nach Hause. Bei der Rückfahrt waren wir dann immer ziemlich überladen mit den Beigaben meiner Schwiegereltern.

Als nächstes fuhren wir eine Sport AWO. Ein Motorrad, bei dem ich mich heute noch ärgere, dass ich es verkauft habe. Wir hatten, neben den alltäglichen Fahrten, mehrere schöne Fahrten an die Ostsee.

Irgendwann musste Anfang der siebziger Jahre ein Auto her. Ich zog los, um einen Saporoshez zu kaufen. Das war das einzige Auto, das man zu dieser Zeit bekommen konnten. Nach Hause kam ich, welch ein Wunder, mit einem polnischen Fiat 125p. Das war deshalb ein Wunder, weil solche Autos nur an staatliche Stellen verkauft werden durften. Dieser hatte aber einen Eintrag in den Papieren, dass er frei verkäuflich war. Den Wagen verkauften wir aber auch bald, da wir aus der Familie meiner Frau einen baugleichen Pkw übernehmen konnten. Zum Glück, denn wenige Monate nach dem wir den Wagen verkauft hatten, musste ich als Zeuge vor Gericht erscheinen. Ich weiß bis heute nicht warum, aber die Papiere waren wohl doch nicht ganz astrein.

Die Farbe unseres neuen 125p gefiel mir nicht. Also ließ ich ihn in ein wunderschönes Karminrot umlackieren. Leider war die Freude nur von kurzer Dauer. Ein Lkw wechselte die Spur und übersah mich. Nach der Reparatur hatten wir ein zweifarbiges Auto. Das war aber nicht das Einzige, was mich störte. Die 10,5 Liter auf 100 km ärgerten mich viel mehr. Was tun. Eine Lösung schien, den Wagen auf Propangas umzurüsten. Das Venturi Prinzip, mit dem man jeden Vergasermotor auf Gas umrüsten kann, musste her. In der DDR praktisch ein Unding. Die Lösung – ich schlug in einem Neuerervorschlag vor, die Berliner Taxiflotte auf Gas umzurüsten. Meine Hoffnung war natürlich, dass eine Anlage für mich abfällt. Es kam aber anders. Die Taxen wurden zwar umgerüstet, aber nicht auf Grund meines Vorschlages, sondern auf Weisung des Verkehrsministers. Also Klage gegen den Minister eingereicht. Leider ohne Erfolg, der Richter gab mir zwar zu verstehen, dass er meine Argumente gut fand, aber die Staatsraison hatte Vorrang.

Dieser Versuch war also grandios gescheitert. Eine andere Lösung musste her. Was kaum jemand weiß, auch in der DDR konnte man Mercedes fahren. Nach vielen Irrwegen kauften wir einen Mercedes W110 190 DC. Der Wagen war für einen verdienten Professor, der die Staatsführung gesundheitlich betreute, 1964 nach der Leipziger Messe in der DDR geblieben. Leider konnten wir den Wagen nicht direkt vom Professor kaufen, aber der Kaufpreis war auch so akzeptabel. Was ich nicht ahnte, wir hatten uns damit zwischen alle Stühle gesetzt. Für die Ostler fuhr ich nun mit meiner Gesinnung durch die Lande, für die Westler musste ich ein dicker Bonze sein, wenn ich so einen Wagen fuhr und das, obwohl er inzwischen mehr als zwölf Jahre alt war. Besonders schlimm war die Reaktion in der eigenen Familie. Ein Onkel, den ich eigentlich sehr mochte, sprach Jahre lang nicht mehr mit mir. Er erzählte vorher bei jedem Treffen, welches Auto er sich als nächstes kaufen wird, kam aber immer mit demselben Kleinwagen. Dieses Weihnachten standen wir mit unserem Benz neben seinem Kleinwagen. Das wars !

Den Wagen fuhren wir bis einen Tag vor der Währungsunion. Auf einer Kreuzung nahm mir ein Wartburg die Vorfahrt. Mein Kotflügel war hin und beim Wartburg der Rahmen gebrochen. Am nächsten Tag war die D-Mark da und eine Werkstatt, die sich auf den Auftrag freute war schnell gefunden.

Die D-Mark brachte neue Möglichkeiten, auch für meinen inzwischen 26 Jahre alten Mercedes. Bald nachdem wir den Wagen gekauft hatten, mussten die Scheinwerfer ausgetauscht werden. Wie der Zufall es wollte, passten die Scheinwerfer vom Barkas. Die Streuscheibe war zwar kleiner, dafür war der Chromring größer so dass die Außenmaße passten, wie für den Mercedes gemacht. Jetzt sollten natürlich die Originalscheinwerfer wieder angebaut werden. Als Erstausrüstung verbaute man in Stuttgart Scheinwerfer von

Hela und von Bosch. Natürlich paarweise. Der Mercedes Mitarbeiter fragte daher freundlich : „Scheinwerfer von Hela oder Bosch ?" Da ich zwei neue brauchte war es mir egal. Prompt lieferte Mercedes je einen Scheinwerfer von Hela und Bosch. Damals hielt ich es für einen einzelnen Aussetzer. Leider weit gefehlt. Später hatte ich, als ich mir einen Oldtimer aufbaute, ein Déjà-vu. Der Mercedes stammte aus Amerika und hatte entsprechende Scheinwerfer. Ein Mercedesmitarbeiter erklärte mir, dass er ohne die Fahrzeug Identifikation Nummer nichts bestellen könnte. Ich erklärte ihm, dass die Nummer ihm nichts nutzen wird. Es führte kein Weg ohne die FIN zu neuen Scheinwerfern. Um es kurz zu machen, Mercedes lieferte die amerikanische Version ! Nach einem kurzen lauten Auftritt meinerseits gab es dann doch die benötigten Scheinwerfer in der Deutschen Version.

Leider waren das nicht die schlimmsten Erfahrungen mit Mercedeswerkstätten. Vielleicht später einmal mehr zu diesem Thema.

Inzwischen hat sich bei uns auch ein Oldtimer Wohnmobil eingefunden. Anfang der achtziger Jahre kostete der Wagen ein Vermögen, nämlich 180.000 DM. Wir konnten den Wagen als dritte Besitzer übernehmen. Natürlich waren erst einmal diverse Reparaturen und vor allem eine gründliche Innenreinigung erforderlich. Ich statte den Wagen noch mit diversem elektronischem Schnickschnack aus. Natürlich bekam er ein Navigationssystem. Auch ein Fernseher mit DVD-Player ist nun an Bord. Wenn ich mir dagegen moderne Wohnmobile sehe, auch wenn sie weit über 50.000 Euro kosten, sind wir doch immer noch viel besser ausgestattet.

Allein die Tanks für Frischwasser, Grauwasser und Abwasser machen den Wagen unabhängiger. Auch die nachgerüsteten Solarzellen sorgen für ausreichend Elektroenergie an Bord. Der Wagen war eben dafür vorgesehen, auch einmal irgendwo im nirgendwo zu stehen, wo es keine Sanitäreinrichtung gibt. Das Einzige, was dem Wagen fehlt ist eine Klimaanlage. Im Sommer ist es abends doch manchmal ganz schön mollig. Außer dem nervt der Motor mit seinen 72 PS. Aber das war ebenso. Damit ist man damals sogar nach Italien gefahren.

Mein Autofimmel hat mich fast einmal den Job gekostet. Ich hatte einen Mercedes 560 SEC gekauft. Als Neuwagen war es damals der teuerste Wagen, den man bei Mercedes Kaufen konnte. Der Wagen war zum Zeitpunkt des Kaufes zwar schon 10 Jahre alt und statt des V8 war ein Dieselmotor implantiert, der Hauptgeschäftsführer fühlte sich aber mächtig düpiert. Der Geschäftsführer des Unternehmens, bei dem ich einen Arbeitsvertrag musste wohl länger argumentieren, bis ich bleiben durfte. Ich erfuhr erst später davon.

So war die neue Zeit. Wir fuhren auf demselben See mit dem baugleichen Tragflügelboot herum, wie der Vorsitzende des Ministerrats der DDR Willi Stoph, und niemanden hat es gestört. In der neuen Zeit sollte ich wegen eines alten Autos entlassen werden.

## Auf den Hund gekommen

Noch vor der Wende kam meine Familie an und meinte, sie möchten einen Hund haben. Mein Sohn bot sich sofort an, täglich mit ihm zu rennen. Meine Tochter wollte täglich mit ihm spazieren gehen. Meine Frau verkündete, dass sie sich um das Fressen kümmern würde. Ich brauchte nur „Ja" zu sagen. Ich war auch Grundsätzlich nicht abgeneigt. Rannte ich doch in meinen Kindertagen mit einem Schäferhund so oft ich konnte durch den Schlosspark. Schwiegereltern hatten auch einen großen Hund, der sich immer freute, wenn ich zu Besuch kam. Gab es doch auch hier immer eine Runde durch den Wald. Als Rasse stand ganz oben ein Deutscher Schäferhund. Nicht ganz. Ich hatte in frühester Jugend mal Kontakt mit einem Chow-Chow gehabt. Ein Eindruck, der mir im Gedächtnis geblieben war. Also standen zwei Hunderassen zur Auswahl. Meine Frau bemühte sich und hatte auch bald Erfolg. Ein süßer kleiner Chow-Chow Welpe war bei einem renommierten Züchter zu haben. Ich nahm die kleine Hündin auf den Arm. Beide waren wir sofort zufrieden mit der Wahl. Der kleine Hund wurde langsam größer und machte viel Freude. Am Wochenende ging es raus in den Wald. Alle konnten sich so richtig austoben.

Chow-Chows sind richtige Familienhunde. Die Familie kann machen was sie will, dem Hund scheint alles recht zu sein. Fremden gegenüber sind sie jedoch sehr reserviert. Wer ohne unsere Begleitung meinte, er müsse den Hund mal knuddeln, der musste sehr schnell sein. Ein Chow-Chow hält sich nicht lange mit bellen auf, er beißt gleich zu. Als nach einem Jahr der Züchter kam um sich das neue Zuhause seines Welpen zu erkundige, wurde er wenig freundlich empfangen. Obwohl er vorher verkündet hatte, dass er für seine Welpen ein Leben lang die Hauptperson bliebe, musste er eine völlig andere Erfahrung bei uns machen. Als er seine Hand zum Streicheln ausstreckte, schnappte unser Queenchen, so hieß unser Chow-Chow, ohne Vorwarnung zu. Zum Glück zog der Züchter seine Hand schnell genug weg, so dass man nur das aufeinander schlagen der Zähne hörte. Damit war auch klargestellt, wo sich unser Queenchen zu Hause fühlt.

Die Jahre vergingen. Leider ist ein Hundeleben nicht sehr lang. Und das von Chow-Chows ist noch etwas kürzer. Es war ein sehr trauriger Tag, als wir sie einschläfern lassen mussten.

Nach einer kurzen Trauerzeit bekamen wir das Angebot wieder eine Hündin zu übernehmen. Ein ganz besonderes Tier. Mutter stammte aus der Nähe von Danzig, Vater war ein Preisgekrönter Chow-Chow aus Westberlin. Mit nun schon mehr Erfahrung im Umgang mit Chow-Chows gelang das Zusammenleben noch schneller. Die Mauer war inzwischen gefallen und wir konnten endlich frei reisen. Also fuhren wir auch zu der polnischen Züchterin. Ich hatte ein etwas mulmiges Gefühl. Ahnte ich doch, dass die polnische Züchterin liebevoller mit ihren Welpen umgegangen war. Und tatsächlich tobte unsere Jade sofort mit der Züchterin. Zwischendurch unterhielten wir uns, so gut es eben ging, halb englisch, halb deutsch.

Nach einer Stunde kam der Abschied. Ich hatte doch etwas bammel, wie unsere Jade reagieren würde. Obwohl sie eben noch rumtobte, brauchte ich nur einmal sagen „Komm" und schon war sie an meiner Seite. Ich war überrascht und glücklich. Ich hatte doch eher damit gerechnet, dass sie sich etwas ziert. Mit Jade hatten wir noch ein besonderes Erlebnis. Es war die Zeit, als wir unseren Altersruhesitz ausbauten. Sonnabend früh habe ich immer als erstes ein Runde mit ihr durch den Wald gemacht. Dabei passierte es. Mein Hund hörte etwas rascheln und weg war sie. Ich rief und pfiff, aber mein Hund war weg. Auch mit Hilfe meiner Frau fanden wir sie nicht wieder. Als wir nach stundenlangem Suchen zum Grundstück zurück kamen lag sie vor dem Tor. Ihr Blick sagte alles – Wo kommt ihr denn jetzt her. Von da an kam sie beim Spazieren gehen an die Leine. Das gefiel ihr und allen ihren Nachfolgerinnen gut. Konnte ich doch nicht einfach einen anderen Weg gehen als mein Hund wollte. Leider war die schöne Zeit mit unserer Jade bereits nach weniger als 10 Jahre zu Ende.

Der nächste Chow-Chow kam aus Mac Pom von einer Züchterin, die etwas rustikal mit ihren Welpen umging. Das prägte unsere Puppy sehr stark und die Abneigung von Chow-Chows gegenüber Fremden, vor allem wenn sie schwarz gekleidet, war bei ihr besonders ausgeprägt. Nur widerwillig ließ sie Fremde auf unser Grundstück, auch wenn wir dabei waren. Ansonsten machte unsere Puppy uns genauso viel Freude wie ihre Vorgängerinnen. Mit erreichen des achten Lebensjahr erkrankte sie leider sehr schwer. Eine Operation wurde erforderlich. Die Rechnung wurde bezahlt. Zwei Tage später war sie leider tot. Das erinnerte mich an meinen ersten Berufswunsch. Ich weiß nicht mehr, ob ich in der ersten oder zweiten Klasse war. Ein junges Schwein, das gerade zur Zucht von meinem Vater gekauft worden war, erkrankte. Der Tierarzt kam, behandelte das Schwein, kassierte für mich als kleiner Junge eine hohe Summe und das Schwein war tot. So, ohne Risiko, wollte ich auch einmal meine Brötchen verdienen.

Mit Eintritt in die Rente kam unsere vierte Chow-Chow Hündin. Sie kam wieder aus Polen. Leider hatte der Transporter, der die Hündin zu uns bringen sollte, eine Panne. So war unser neues Familienmitglied mehr als 24 Stunden unterwegs. Sie hat das zwar gut überstanden, aber Autofahren ist ihr bis heute ein Graus. Lediglich mit dem Wohnmobil fährt sie gern.

Wie alle Chow-Chows mochte auch sie es nicht, wenn Leute zu dicht an den Grundstückszaun herantreten. Normaler Weise kläffen Chows selten, aber wenn nötig können sie so richtig zeigen, wie ihre Stimme klingt. Irgendjemand hat das gestört und hat versucht unsere Bella zu vergiften. Zum Glück merkten wir bald, dass etwas nicht stimmt. Wir brachten sie in die Tierklinik nach Potsdam. Dort konnte man ihr zum Glück helfen. Nach drei Tagen Intensivbehandlung war sie wieder wohl auf. Eigentlich war der Vorfall untypisch. Chow-Chows nehmen Naschereien nur an, außer Leberwurst, wenn sie der Meinung sind, dass jetzt der richtige Zeitpunkt ist. Man kann daher Chow-Chows nicht mit Leckerlis erziehen. Entweder sie machen es aus Überzeugung oder es klappt nicht. Leberwurst ist leider ungeeignet, da Schweinefleisch bei Chow-Chows zu Examen führt. Aber mit Überzeugung klappt es dann doch. Sie können dann auch Anweisungen wie rechts, links, geradeaus usw. problemlos befolgen. Chow-Chows sind ganz tolle Hunde. Man muss allerdings akzeptieren, dass sie einen sehr ausgeprägten eigenen Willen haben. Für die Familie tuen sie aber alles, manchmal halt widerstrebend.

## Schi – im Schnee und auf dem Wasser

Nach meinen Erfolgen bei der Spartakiade als Schüler habe ich meine alten Schier aufgerüstet. Sie bekamen Stahlkanten und, für damalige Verhältnisse, moderne Bindungen. So konnte ich, entsprechend auch lokal kleine Erfolge feiern. Allerdings waren es jedes Jahr nur wenige Tage an denen man die Möglichkeit für diesen Sport hatte. Andere Dinge wurden wichtiger.

Meine Schwiegereltern hatten ein sehr schönes Wochenendgrundstück direkt an einem See. Mein Schwager besaß ein Motorboot, das für Wasserschi geeignet war. Nach ein paar Versuchen war klar, das ist mein Sport. Wir hatten Glück und konnten günstig ein Motorboot mit Wartburgmotor kaufen. Das Problem war, wie kommt das Boot zu unserem See. Unser Auto hatte leider keine Hängerkupplung, aber der Dienstwagen meines Vaters. Da ich den Wagen früher, als Student, chauffiert hatte, wenn mein Vater dienstlich Gäste hatte bzw. als die Bauleute beim Eigenheimbau meiner Eltern hin und her gefahren werden mussten, war dass das geeignete Fahrzeug.

Leider erreichte ich meinen Vater nicht und bat deshalb meinen Bruder die Sache klar zu machen. Da ich nichts mehr hörte, war ich zum vereinbarten Zeitpunkt da, um das Auto zu holen. Mein Bruder hatte angeblich vergessen zu fragen und mein Vater lehnte kategorisch ab. Wieder einmal war ich auf die Hilfe anderer Menschen angewiesen. Was zum Glück auch problemlos klappte.

Das Boot schwamm im See und wann immer das Wetter mitspielte gab es eine Runde Wasserschi. Meine Frau fuhr das Boot und ich konnte mich hinten am Seil austoben. Dabei passierte es irgendwann, dass wir auf einen abgetauchten Baumstamm fuhren. Die notwendige Reparatur wäre teurer geworden als ein gleichwertiges zu beschaffen. Das kam dann auch sehr schnell. Wieder ein Holzboot mit einem Moskwitsch 407 Motor. Der Motor war im Bug des Bootes eingebaut, so dass es eine tolle Lage im Wasser hatte. Und weiter ging es mit dem Wasserschi.

Nur wenige Jahre vor der Wende bekam ich das Angebot ein Tragflächenboot Wolga zu kaufen. Statt des Originalmotors war das Boot mit einem 6 Zylindermotor aus einem Kran aufgerüstet. Im Original läuft das Boot bis zu 75 km/h. Wie schnell unseres war, weiß ich nicht, aber ich bewundere bis heute meine Frau, wie sie souverän mit mir im Schlepp das schnelle Boot über den See manövrierte. Das Schifahren hinter diesem Boot war noch einmal ein ganz anderes Erlebnis. Man war in jeder Situation schnell genug um nicht im See zu versinken. Mit dem Verlust des Wochenendgrundstücks endete leider auch die Möglichkeiten für Wasserschi mit eigenem Boot.

Nach der Wende gab es andere Möglichkeiten. Man musste nicht mehr auf den Schnee warten, man konnte in entsprechende Wintersportgebiete fahren. Mein Bruder hatte ein sehr schönes Wintersportgebiet im Montafon gefunden. Für die nächsten Saison sollte er auch für uns buchen. Das Montafon ist eine herrliche Wintersportgegend. Dafür war unsere Unterkunft unterm Dach nicht so berauschend. Mein

Bruder residierte dagegen in einem eigenen Gästehaus. Nur am Rande bemerkt, wir fuhren damals schon ein größeres und teureres Auto als er. Einmal durften wir sie in ihrem Gästehaus sogar besuchen. Wir hatten insgesamt drei Flaschen Sekt für den Urlaub mitgenommen, von denen mein Bruder und seine Frau eine mit uns huldvoll teilte. Die anderen landeten in ihrem Kühlschrank. Ich begreife bis heute nicht, warum mir nicht schon damals die Augen über meinen Bruder aufgegangen sind. Ich schob es mal wieder auf meine Schwägerin, die ich gleich am ersten Tag verärgert hatte. Sie wollte mir unbedingt das Schilaufen beibringen. Sicherlich sah ich nach den ersten Meter nach über 25 Jahren wieder im Schnee nicht sehr sicher aus. Aber nach einer Stunde unterschied ich mich nicht mehr von den übrigen Schneehasen.

Wir fuhren von da an fast jedes Jahr nach Österreich oder ins Riesengebirge. Meine Frau machte auch einen Schikurs und so konnten wir die Winterlandschaft genießen. Auch das endete. Die Jahre vergingen und das Alter ließ sich nicht wegdiskutieren. Auf Idiotenhügeln wollte ich mich nicht tummeln, also suchen wir uns andere Ziele.

## Fernweh

Sobald wir zeitlich und finanziell in der Lage waren, begannen wir zu reisen. Natürlich ging es am Anfang nur in die sozialistischen Bruderländer. Unsere erste Reise führte nach Prag. Ich war nur wenige Monate zuvor Gruppenleiter geworden. Da die meisten meiner Mitarbeiter älter als meine Eltern waren, ließ ich mir einen Bart wachsen. Ein Beatles Bart zierte bald mein Gesicht. Im Ausweis war ich natürlich noch glattrasiert. Die Tschechische Polizei ließ mich also nicht rein, aber auch nicht zurück in die DDR. Es blieb nur eins, der Bart muss ab. Der Urlaub war dann auch ohne Bart sehr schön. Die Burg, die kleinen Gässchen, die Brücken waren beeindruckend. Enttäuscht waren wir nur von der Schatzkammer. Als zeitweilige Dresdener Bürger hatten wir uns natürlich auch das Grüne Gewölbe, ich glaube sogar mehrfach, angesehen. Dagegen waren die hier gezeigten Schätze doch überschaubar.

Die nächsten Reisen waren dann schon mit unserem alten Mercedes. Das nächste Ziel war Ungarn. Wir genossen den Balaton und die relative Freiheit in Ungarn. Hauptmitbringsel waren natürlich Schallplatten, die es in der DDR nicht gab.

Irgendwann wagten wir es sogar bis zum Schwarzen Meer. Unseren Mercedes vollgepackt mit allen notwendigen Dingen, machten wir uns auf den Weg. Essen, Trinken, alles was man für einen schönen Urlaub braucht. Eine sozialistische Einheitswährung gab es nicht und der Umtausch war limitiert. DM hatten wir leider auch nicht.

In Rumänien, wo wir einen Zwischenstopp einlegten, übernachteten wir auf einem Campingplatz in einer primitiven Hütte. Als ich bezahlen wollte, sagte der Verwalter : „Kaffee". Ich lehnte dankend ab : „Nein Danke, ich trinke Tee". Das ging mehrmals so mit den gleichen Worten hin und her bis ich sagte : „Na gut, zwei Kaffee". Erst da kam mein Irrtum zu Tage. Der gute Mann wollte anstelle von Bezahlung lieber ein Päckchen Kaffee haben. So war das im Sozialismus.

Aber weißer Strand, Schwarzes Meer glichen alle Unbill aus. Unsere Kinder waren immer dabei. Ich weiß noch wie heute, wie sie ehrfürchtig durch die schönen Kirchen schritten, die wir mit ihnen besichtigten.

Wichtigstes und regelmäßiges Ziel war aber Polen. In zwei Stunden war man da. Die Polen waren auch schon zu sozialistischen Zeiten sehr kreativ. Wir kauften viele Dinge, die es in der DDR nicht gab. Für mich waren vor allem die Zubehörteile für Autos von großem Interesse. Konnte man so doch sein Auto mit kleinen nützlichen Dingen etwas aufpeppen. Für unsere Kinder waren neben kleinen Souvenirs vor allem Kaviarkrem wichtig. Den gab es in Stettin in Tuben zu kaufen. Immer, wenn die Frage kam, was wollt ihr auf dem Schulbrot haben kam sofort die Antwort – Kaviarkrem !

Das Endete schlagartig mit der Solidarność. Jetzt war Polen, wie der Westen, Tabu.

Reisen war erst nach dem Fall der Mauer für uns wieder möglich. Aber als erstes stand natürlich das Fußfassen in der neuen Gesellschaftsordnung. Das Gelang meiner Frau und mir zum Glück problemlos, so dass wir heute auf ein Arbeitsleben ohne Arbeitslosigkeit zurückschauen können.

Die erste große Reise ging anlässlich unserer Silbernen Hochzeit nach Gran Canaria an den schönen Sandstrand von Maspalomas. Da wir nicht nur am Strand liegen wollten mieteten wir einen Kleinwagen und erkundeten die Insel auf eigene Faust. Am interessantesten war es in den kleinen Dörfern abseits vom Touristentrubel. Die Menschen waren immer freundlich und freuten sich, wenn wir ankamen. Da tat es auch keinen Abbruch, dass wir uns nur mit Händen und Füßen verständigen konnten. Die offizielle Inselrundfahrt machten wir kostenlos mit einer Kaffeefahrt. Irgendein ganz bekannter und wichtiger Schauspieler, von dem ich vorher noch nie etwas gehört hatte, versuchte auf seiner Finka den Teilnehmern der Fahrt ganz besondere Kochtöpfe zu verkaufen. Wenn ich mich richtig erinnere, war seine Erfolgsquote sehr gering. Und ich war für alle Zeiten von Kaffeefahrten bedient.

Für meine Frau war es der erste Flug in ihrem Leben. Damals war fliegen noch etwas Besonderes. Man saß nicht mit angezogenen Knien in viel zu engen Reihen. Der Service verdiente noch seinen Namen und war keine Verkaufsveranstaltung für alte Sandwiches. Unsere erste wirklich große Reise, an die wir uns heute noch gern erinnern.

Die nächste große Reise ging in die USA. Sie nannte sich „Der goldene Westen". Von San Francisco aus ging es auf eine Rundreise durch Nationalparks, aber auch in viele kleine schöne Orte und nach Las Vegas und Los Angeles. Die Reise war einfach unbeschreibliche schön. Viel liegt bei Reisen auch an der Reiseleitung. Martina hieß unsere Reiseleiterin, die aus Deutschland kam und nach San Francisco geheiratet hatte. Sie wusste genau, was Touris aus Deutschland brauchten. Wie wichtig eine gute Reiseleitung ist, mussten wir zum Teil mit bösen Erfahrungen bei späteren Reisen noch kennen lernen. Das waren dann immer pensionierte Lehrer, die keinen Unterschied zwischen ihren früheren Schülern und den Touristen machten. Man hatte eben zu machen, was Frau Lehrerin sagte. Ein ganz besonderes Highlight war dann noch der Rückflug. Die Maschine war überbucht und ausgerechnet meine Frau und ich wurden in die Business Class „verfrachtet". Da es Interkontinentalflug war ist die Business Class noch einmal viel besser als zum Beispiel bei innerdeutschen Flügen. Das absolute i-Tüpfelchen von dieser Reise. Wir waren noch mehrfach in den USA. Es war immer phantastisch. Aber die erste Reise blieb unübertroffen.

Die mit Abstand schlechteste Reiseleitung hatten wir bei unserer Kanadareise. Wir kamen nachts um drei Uhr an und niemand erwartete uns. Die Reiseleiterin hat einfach verschlafen. Wir wurden natürlich immer unruhiger. Telefonisch war in Deutschland niemand zu erreichen. Unser Hotel kannte unsere Namen nicht. Nach mehr als drei Stunden wurden wir dann doch noch abgeholt. Unsere Frau Reiseleiterin machte keinerlei Anstalten sich bei uns zu entschuldigen. Im Gegenteil, sie versuchte die gesamte Reise uns zu vermiesen. Das ließen wir, so gut es eben ging, nicht zu. Wir genossen die sagenhafte Landschaft, die unendlichen Weiten und die tollen Städte. Man hätte nach dem Fall der

Mauer dorthin auswandern sollen. Neuanfang war ohnehin notwendig. Das hätte einem viel Frust erspart.

Interessant war auch eine Reise nach Namibia und Süd Afrika. In Deutschland wird zwar oft und gern über Afrika geschwafelt. Aber selbst dort gewesen zu sein, Land und Leute kennengelernt zu habe, ist doch etwas ganz anderes. Die Tierwelt, die Lodges, die Menschen – alles ganz anders als man es hätte erwarten können. Mit unserem Reiseleiter Sigi, ein Afrikaner mit Deutschen Wurzeln, verstanden wir uns auch sehr gut. Besonders schön waren die Aufenthalte in privaten Lodges. Ganz anders war es in den staatliche geführten. Hier erinnerte fast alles an unsere DDR-Vergangenheit. Geschichte Hautnah ist eben doch ganz etwas anderes als Geschichte aus den Medien.

Ebenfalls eine interessante Reise war unser Trip nach China. Laut Bundesregierung ein Entwicklungsland fanden wir vor Ort alles vor – Mittelalter bis Zukunft. Die großen Städte haben ein Niveau, das in Deutschland in den nächsten zehn Jahren nicht erreichen wird. Wir sahen aber auch Kulis mit Körben Beton schleppen. Wir fuhren über 400 km/h im Transrapid und sahen auf der Autobahn Pferdekarren, die Baustoffe transportierten. Die Reiseleitung war nett. Es wurde ständig versucht uns Wünsche von den Augen abzulesen. Dabei kam es doch bei einigen Gelegenheiten zu niedlichen Missverständnissen. Aber wir waren Gäste und hatten damit recht. Bemerkenswert waren auch die Inlandflüge. Normaler Weise hat man die Hochglanzwerbung und wird dann mit den realen Tatsachen konfrontiert. Hier war es anders. Die Werbeplakate sahen schon toll aus, aber ich habe noch nie so saubere Flugzeuge und so freundliche Stewardessen erlebt wie in China. Das Einzige, was störte, waren die einheimischen Passagiere. Aber darüber wurde schon genug in Zusammenhang mit den Olympischen Spielen berichtet.

Wer wirklich Zukunft erleben will muss die Vereinigten Arabischen Emirate besuchen. Danach weiß man, dass Deutschland vieles ist, aber bestimmt kein reiches Land.

Die längste und weiteste Reise führte uns nach Neuseeland und Australien. Wir hatten sehr großen Respekt vor der langen Anreise. Aber die Erwartung war so groß, dass die Zeit doch recht schnell verging. Auf der Rückreise waren wir so voller Eindrücke, dass wir erst zu Hause wieder ein normales Zeitgefühl bekamen.

Unsere Reise startete in Auckland. Wir lernten ein bisschen das Lebensgefühl der Neuseeländer kennen. Die Natur Neuseelands ist einfach unbeschreiblich. Irgendjemand hatte einmal eine Reise durch Neuseeland mit einer Reise quer durch Europa verglichen. Wir können nur sagen - stimmt. Nur das hier das Leben wesentlich ruhiger und scheinbar zufriedener Läuft. Man konnte sich gar nicht satt sehen an der Schönheit der Landschaft und der Natur. Nachdem wir Neuseeland von Nord nach Süd bereist hatten, ging es ab nach Australien.

Waren wir bis dahin schon beeindruckt, kam nun noch das I Tüpfelchen oben drauf. Allein die Infrastruktur in den Städten war einmalig. Dazu die Überwältigende Landschaft. Und die scheinbar unendlichen Weiten des Landes. Ein Höhepunkt war natürlich der Ayers Rock, jetzt wird er nach der Aborigines

Sprache Uluru genannt. Wir durften noch nah ran und ihn beim Sonnenaufgang und beim Sonnenuntergang bewundern. Aber dieser schöne Tag begann mal wieder mit Ärger. Als Reisebegleiter hatten wir einen jungen Neuseeländer, mit dem wir uns sehr gut verstanden, und eine pensionierte Lehrerin aus Australien, die immer noch meinte ihre Schüler vor sich zu haben. Der Tag begann mit einem Ausflug in den Kings Canyon. Unsere Frau Lehrerin nervte ständig, dass wir ausreichend Wasser mitnehmen müssten, sonst würden wir unweigerlich verdursten. Sie kontrollierte sogar die Wasservorräte. Ich brauchte für die vier Stündige Wanderung durch den Canyon übrigens keinen Schluck zu trinken. Womit ich allerdings nicht gerechnet hatte, dass die Reiserleiterin den Zeitplan für diesen Tag überhaupt nicht im Griff hatte. So kam es, dass wir abends ziemlich verhungert und durstig am Uluru ankamen. Dort wurden wir ohne viel Worte aus dem Bus gescheucht und standen etwas ratlos, verärgert und hungrig und durstig in der Landschaft. Andere Reisegruppen wurden zu bereitstehenden Tischen und Partyzelten geführt und wurden dort verwöhnt. Wir argwöhnten, dass unsere Frau Reiseleiterin das für uns auch vermasselt hat. Aber dann kam auch für uns das Tischlein deck dich. Mit kleinen Köstlichkeiten und Sekt bis zum abwinken. Dazu Ayers Rock im Hintergrund – nicht zu übertreffen.

Das nächste Highlight war das Schnorcheln im Great Barrier Reef. Mit einem Katamaran ging es im D-Zugtempo zu einer schwimmenden Insel von der aus man mit Tauchausrüstung, Schnorchel oder Glasbodenboot die Wunderwelt des Great Barrier Reef erkunden konnte.

In Perth waren wir uns sofort einig, hier würden wir gern wohnen. Aber auch in Sydney konnte man sich gut vorstellen zu leben. Spätestens beim Gang über die Haber Bridge und beim Baden am Manly Beach gab es Konkurrenz für Perth.

Eine weitere besondere Reise unternahmen wir anlässlich meines siebzigsten Geburtstages. Wir flogen nach New York und schauten uns die Stadt im Schnelldurchgang in 24 Stunden an. Danach ging es mit dem Schiff zurück nach Europa. Mit dem an Bord gehen betritt man eine völlig andere Welt. Wir hatten zum Glück mit der Queen Mary II schon eine zwei tägige Schnupperfahrt gemacht, so dass wir uns an Bord sofort zurechtfanden. Der unaufdringliche perfekte Service, das tolle Ambiente, die Unterhaltungsshows. Alles war einmalig. Ein Highlight war dann noch die Besichtigung der Hauptbordküche. Der Küchenchef, ein Deutscher, zeigte uns, was sich hinter den Kulissen abspielte. Besonders gefreut hat mich natürlich, dass ich vom Kapitän der QM II eine Gratulation Karte bekam. Außerdem gab es noch ein gemeinsames Foto, auf dem meine Frau und ich sowie der Kapitän abgebildet sind. Es waren die kürzesten sieben Tage meines Lebens. Die Zeit verging wie im Fluge. In South Hampton war der Traum dann vorbei.

Reisen bildet sagt man. Das können wir nur unterstreichen. Überall auf der Welt lernt man Dinge kennen, die nicht nur interessant und nützlich sind. Man lernt auch, die Dinge aus verschiedenen Blickwinkeln zu sehen.

Eigentlich wollten wir, sobald mein Bruder auch Rentner ist, quer durch die USA reisen. Wir, meine Frau und ich, in einem großen Wohnmobil. Mein Bruder und seine Frau auf Motorrädern. Abends hätten wir dann gemeinsam die Eindrücke des Tages auswerten können und den neuen Tag planen. Auch dieser Traum ist natürlich durch das verhalten meines Bruders geplatzt.

Natürlich waren wir auch in Israel. Ein interessantes Land, von dem Deutschland viel lernen könnte. Auch als ungläubige waren wir fasziniert von den biblischen Orten, wo man die Historie live erleben konnte. Besonders erstaunlich war der Unterschied zwischen den Juden und den Arabern. Die einen modern, die anderen in mir unbekannten Fesseln gebunden. Vor allem die Einstellung, der Frieden muss bewaffnet sein, ist mir einleuchtend. Und so trägt fast jeder Jude eine Waffe.

Ebenso war die Reise quer durch Ägypten mehr als nur interessant. Den Nil rauf und runter und die alten Kultstätten der Pharaonen rechts und links beeindruckten uns sehr. Ich fragte mich bei den vielen riesen Tempeln, was die Menschen hätten erschaffen, wenn sie diesen Aufwand in sinnvolle Projekte gesteckt hätten. Die Hoffnung auf das jenseits war die Antriebskraft, anstatt für das diesseits zu arbeiten.

Nach der Reise erfuhren wir, dass mein Bruder zur gleichen Zeit in Ägypten war. Zum Glück sind wir uns nicht über den Weg gelaufen.

**Ostsee**

Die Ostsee war für die Bürger der DDR das präferierte Urlaubsziel. Ich sah die Ostsee das erste Mal als meine Eltern mit ihrem neuen Wartburg den ersten Ausflug machten. Ich erinnere mich, dass bei der Abfahrt ziemlich schlechtes Wetter war. Auf Usedom angekommen, war es schon später Nachmittag. Die Sonne stand schon tief und schien unter den Wolken auf den Strand. Mein Bruder sprang gleich in die Wellen. Anders als vorhergesagt, verkündete mein Vater, dass es nach dem Bad sofort wieder nach Hause geht. Ich war bedient. Ich sprang auch nicht mehr in die Fluten.

Das nächste Mal kam ich mit meinen Schwiegereltern zur Ostsee. Obwohl ich nicht er Traumschwiegersohn war, luden sie mich ein. Meine Freundin und ich hatten eine tolle Zeit. Am Tage tobten wir in den Wellen, abends wurde auf der Seebrücke das Tanzbein geschwungen. Natürlich wurde streng auf Sitte und Ordnung geachtet. Für diese schönen Tage bin ich noch heute dankbar.

Ohne Aufsicht verbrachten wir, meine Freundin und ich, noch einmal einen Urlaub an der Ostsee. Es war das Jahr, in dem wir geheiratet haben.

Die Ostsee war für uns immer ein Traumziel. Schon der Erinnerungen wegen. So oft, wie möglich fuhren wir immer wieder an die See.

Der Betrieb meines Vaters hatte unweit vom Ostseestrand ein kleines Grundstück mit einem umgebauten Bauwagen. Der Wagen war praktisch ein komplettes Wochenendhaus. Nach der Wende und der Abwicklung seines Betriebes konnte er das ganze übernehmen. Wir hatten kurz vorher unser Wochenendgrundstück verloren. Ich fand es zwar sehr freundlich, dass meine Eltern uns das Grundstück anboten. Wir hatten aber kurz vorher ein Ersatzgrundstück für unseren Verlust gefunden. Wir verzichteten unter der Bedingung, dass wir dort ab und zu Urlaub machen dürfen. Mein Bruder stürzte sich sofort auf das Grundstück. Er hatte auch gute Ideen. Leider übersah er dabei sich mit den Baugesetzen zu befassen. Bei der Umsetzung des Bauwagens half ich meinem Bruder. So, wie der Wagen nun stand, war das Grundstück besser nutzbar. Außerdem bot sich nun die Möglichkeit, den Bauwagen zu erweitern. Obwohl mein Bruder ohne meine Hilfe das Umsätzen nicht geschafft hätte, schien seine Begeisterung sehr begrenzt. Ich maß dem leider keine Bedeutung bei. Wir schenkten meinem Bruder sogar noch einen Kaminofen für den Wagen, um ihn auch in der Vor- und Nachsaison nutzen zu können. Als es ans Erben ging, wurde dieses Objekt nicht einmal mehr erwähnt. Angeblich hat mein Vater den Wohnwagenmeinem Bruder geschenkt, allerdings fand sich dafür kein Nachweis in den Unterlagen. Fast überflüssig zu erwähnen, dass wir natürlich nie dort Urlaub machen konnten.

### Meine Eltern bauen ein Haus

Solange ich zu Hause war, schwärmte mein Vater von seinem Elternhaus, in dem er groß geworden war. Es war auch ein schönes Grundstück. Eine Mühle mit Wohnhaus. Außerdem gehörten Stallungen und eine große Scheune dazu. Natürlich waren auch noch zwei Teiche da. Warum mein Vater sich nicht bemüht hat, das Grundstück zu kaufen, wenn es ihm so am Herzen lag, weiß ich nicht. Im Laufe der Jahre wurde es mindestens zwei Mal weiterverkauft. Irgendwann endete der Traum in einem Großbrand. Vorher reifte bei meinen Eltern der Plan ein eigenes Haus zu bauen. Mit meiner Abiturzeit wurden die Pläne konkret und mit Beginn meines dritten Semesters fand der erste Spatenstich statt.

Anvisiert wurde eine Baustelle in einem neu zu erschließendem Areal etwas oberhalb meiner damaligen Heimatstadt. Ein wunderbarer Blick über das Tal war inbegriffen. Da mein Vater nie sehr entscheidungsfreudig war, zog sich der Kauf des Baugrundstückes hin. Am Ende war nur noch ein Grundstück übrig, das einen kleinen Haken hatte, es musste ein weiteres Baugrundstück auf der anderen Straßenseite dazu gekauft werden und außerdem der angrenzende Wald. Ich habe das nie als Mangel angesehen. Im Gegenteil. Später hat es sich auch noch als Vorteil erwiesen.

Das Projekt, das meine Eltern bei einem Architekten in Auftrag gegeben hatten, gefiel meinem Vater nach Fertigstellung nicht mehr. Da er kurz zuvor im Rahmen seiner Ingenieurarbeit umfangreiche Konstruktionszeichnungen anfertigen musste erstellte er die neuen Bauzeichnungen kurzerhand selbst. Ich hatte beim Studium gerade meine Abschlussarbeit in Statik geschrieben. Also ergänzte ich die Bauzeichnung um die notwendigen statischen Berechnungen. Ich glaube aber, ihm fehlte das notwendige Vertrauen und er hat vorsichtshalber noch einmal prüfen lassen.

Im Osten ein Haus zu bauen war ein Abenteuer. Verbindungen und Flexibilität waren Grundvoraussetzungen. Immer, wenn ich vom Studium nach Hause kam, lag eine Wunschliste vor, die abzuarbeiten war. Ich erinnere mich an ein paar High Lights. Z.B. gleich beim Baubeginn musste der Bauplatz abgeschoben werden. Ich erinnerte mich, dass der Vater eines meiner besten Freunde in einem nicht weit entfernten Dorf LPG Vorsitzender war. Von einem Ernteeinsatz wusste ich auch, dass dort eine Raupe mit Schiebeschild rumstand. Damit war das erste Problem gelöst. Beim nächsten Besuch stand die Raupe mit Schaden mitten auf dem Bauplatz. Also schwang ich mich auf meinen Roller und organisierte Hilfe.

Beim nächsten Mal war Mangel an Kies. Also eine Ladung Kies besorgen. Leider kam die Lieferung nicht direkt auf die Baustelle, sondern auf einem gegenüberliegenden Gelände. Selbst dort hatte sich der LKW mit Hänger fast festgefahren. Nun musste der Kies von diesem Hügel auf den gegenüberliegenden Hügel, wo die Baustelle lag. Da alle ihre Aufgaben hatten, blieb der Transport bei mir hängen. Karre voll schippen, mit Schwung den Hügel runter, den Schwung ausnutzen und mit Kraft auf der anderen Seite den nächsten Hügel wieder hoch. Und das Ganze, bis der gesamte Kies auf dem Bauplatz lag. Abends war es geschafft. Schnell den Koffer gepackt und wieder ab zum Studium. Mir ging es eigentlich ganz gut, nur als ich morgens aus dem Bett wollte ging nichts mehr. Jeder einzelne Muskel in meinem Körper meldete sich mit Muskelkater ab.

Ein ähnliches Prozedere bot sich mir an einem anderen Wochenende. Meine Eltern waren mit dringenden Aufgaben beschäftigt. Was mein Bruder machte, weiß ich nicht mehr. Die Bauarbeiter wollten die Kellerdecke schütten. Der eine Teil der Arbeiter stand am Mischer, die anderen auf der zu schüttenden Kellerdecke. Ich durfte die ganze Zeit mit der Schubkarre Ladung für Ladung Beton vom Mischer zur Kellerdecke schieben. Da der Keller aus der Erde herausragte war auch jedes Mal ein Höhenunterschied zu überwinden. Dieses Mal gab es keine Nachwehen. Ich war noch gut im Training.

Ein weiteres Ereignis ist mir noch sehr in Erinnerung. Es war die Zeit kurz vor meiner Verlobung mit meiner Freundin. Meine Schwiegereltern, damals in Spe, überließen mir ihren Wartburg, damit ich kurz bei meinen Eltern vorbei schauen konnte. Meine Mutter begrüßte mich mit dem Hinweis, dass der Zement auf der Baustelle zu Ende geht. Ich sollte doch schnell welchen holen. Ich habe ja gerade das Auto. Ich muss dazu sagen, dass meine Eltern sehr restriktiv mit der Überlassung ihres Wartburgs waren. Nach dem ich einmal mit meiner Freundin weiter weggefahren war, als mir freigegeben wurde, bekam ich das Auto überhaupt nicht mehr. Und jetzt sollte ich mit dem Auto meiner Schwiegereltern Zement transportieren. Als guter Sohn habe ich dann doch, wenn auch mit entsprechenden Kommentaren, eine Fuhre gemacht. Das reichte meiner Mutter natürlich nicht. Entsprechend verstimmt trennten wir uns.

Als der Rohbau fertig war, schlug noch einmal meine Stunde. Als gelernte Elektriker übernahm ich die Installation. Aus heutiger Sicht eine einzige Katastrophe. Aber es gab nun mal kein besseres Material. Ich hatte noch Glück, dass ich in meinem alten Ausbildungsbetrieb noch günstig und ausreichend Material kaufen konnte. Am Ende war alles nach den Wünschen meiner Eltern erledigt. Später gab es dann noch ein Problem mit einer Wechselschaltung. Eine Spezialschaltung von mir, die man in keinem Lehrbuch findet, die aber funktioniert und Materialsparend ist. Leider hat man mir nicht gesagt, das, aus welchen Gründen auch immer, ein anderer „Spezialist", der die Feinheit dieser Schaltung nicht begriffen hatte, zwei Kabel vertauscht hat. Ergebnis, beim Schalten konnte es zu einem Kurzschluss kommen. Die Ursache, das nämlich an meiner Schaltung manipuliert wurde fiel mir erst viele Jahre später ein.

Für meinen Bruder war der Beginn der Bauarbeiten die blanke Katastrophe. Fiel dieses Ereignis doch mit dem Beginn meines Studiums zusammen, was nichts weniger hieß, dass alle Aufgaben, die ich bis dahin erledigen musste, plötzlich und völlig unvorbereitet auf seinen Schultern landeten. Mir war das nie so aufgefallen, war ich doch ab meinem dritten Lebensjahr Schritt für Schritt in die Aufgaben und an den Aufgaben gewachsen. Mein Bruder musste bis dahin nur eins sein, ein lieber Junge.

Noch vor dem Ende meines Studiums war das Haus bezugsfertig. Mit Räumen für meine Großmutter, meinem Bruder und natürlich für meine Eltern. Für meine Frau und mich war nichts vorgesehen. Als ich meine Mutter darauf ansprach kam nur : „Dann wäre uns schon was eingefallen!". Bloß gut das meine Frau und ich nie auf Hilfe aus dieser Ecke angewiesen waren.

## Mein Bruder baut

Das Haus meiner Eltern, in dem inzwischen mein Bruder und seine Frau zur Untermiete wohnten, hatte nur eine Garage. Also begann mein Bruder auf dem zweiten Baugrundstück meiner Eltern für sich eine Garage zu bauen. Ein Aufwendiges Projekt – Garage mit Keller. Zur gleichen Zeit schien das Zusammenleben im drei Generationenhaus immer mehr zu knirschen. Also wurde das Projekt Schritt für Schritt erweitert. Zum Glück war der Schwiegervater von meinem Bruder Bausachverständiger und half aus der Supergarage ein halbwegs brauchbares Einfamilienhaus zu bauen. Meine Eltern schossen einen ordentlichen Betrag zu den Baukosten zu. Wahrscheinlich, weil sie wussten, dass nicht mein Bruder und seine Familie, sondern meine Eltern in dieses verbaute Haus einziehen werden. Ich selbst hatte keine Zeit, zu helfen. Wir mussten uns um unsere eigenen Probleme kümmern. Wir mussten bei Null starten.

Der gesamte Bau zog sich über mehrere Jahre. Dazu kam noch, dass mein Bruder während des Bauens vom Gerüst stürzte und sich schwer verletzte. Dadurch war er monatelang krank. Irgendwann war das Superprojekt fertig. Wie erwartet zogen meine Eltern in die kleine, umkonstruierte Garage ein. Dank der guten Ideen vom Schwiegervater meines Bruders war es trotzdem wohnlich geworden.

Da mein Bruder nun das große Haus für sich und seine Familie alleine hatten, sagten mir meine Eltern zu, dass das Haus im damals aktuellen Stand getaxt wird und so eine reale Basis für den Erbfall existiert. Was lag näher, als den Schwiegervater meines Bruders damit zu beauftragen. Als korrekter Mensch hatte er Angst, dass er zu parteilich urteilt. Er zierte sich. Wir versicherten ihm jedoch, dass wir volles Vertrauen in sein Urteilsvermögen haben. Für uns war damals alles klar. Mein Bruder begann auch kurz danach mit Umbauten.

Nach Fertigstellung der Umbauten wurden wir nur noch selten in das ehemalige Elternhaus eingelassen. Meist wurden wir an der Tür abgefertigt. Ich habe mir damals nichts dabei gedacht. Entsprechend unvorbereitet trafen mich dann die späteren Ereignisse. Die Taxierung des Hauses zum zugesagten Zeitpunkt fand nie statt. Auf Rückfrage beim Schwiegervater meines Bruders kam heraus, dass man ihn nach der ersten Anfrage nie mehr angesprochen hat und daher nie ein entsprechendes Gutachten erstellt wurde. Als der Erbfall dann eintrat, spielte mein Bruder den erstaunten und stritt ab, dass es so eine Absprache jemals gegeben hätte.

Eigentlich hätte ich stutzig werden müssen. Denn nachdem mein Bruder das Haus meiner Eltern mit seiner Familie bezog, hätte mir anteilig Miete zu gestanden. Jedenfalls hätten wir das so gehalten, wenn eines unserer Kinder bei uns eingezogen wäre. Dann hätte das zweite Kind einen Anspruch auf einen Mietzuschuss gehabt. Das keiner, weder meine Eltern noch mein Bruder auf diese Idee kamen zeigt, dass meine Enterbung langfristig geplant war. Vertrauen ist gut, Skepsis wäre besser gewesen.

### Unsere Mutter stirbt

Unsere Mutter musste in ihrem Leben mehrere schwere Krankheiten überstehen. Nach dem Kriegsende erkrankte sie an Typhus. Trotzdem sie sehr zierlich war und sie von allen Verwandten schon aufgegeben wurde, überstand sie diese Krankheit. Etwa 20 Jahre später erkrankte sie an TBC. Wieder war es ein ungünstiger Zeitpunkt. Mein Vater arbeitete in dieser Zeit auswärts und kam nur am Wochenende nach Hause. Und dann hatte er natürlich mehr Sorgen um seine Frau, als sich um uns zu kümmern. Unsere Großeltern waren zwar in der Nähe, aber vieles blieb doch an mir hängen. Mein kleiner Bruder wollte versorgt sein, der Haushalt machte sich auch nicht alleine, aber irgendwie habe ich es geschafft. Im Gegenteil, für mich war es eine gute Zeit. Ich hatte zwar viel um die Ohren, aber auch die Möglichkeit alles selbst zu organisieren. Natürlich war kaum etwas richtig, was ich machte. An einem Danke war überhaupt nicht zu denken. Aber ich war fünf Tage jeder Woche mein eigener Herr.

Die nächste schwere Krankheit traf unsere Mutter kurz vor dem Ende der DDR. Es traten unerwartete Blutungen auf. Kluge Ärzte diagnostizierten, obwohl sie fast 60 Jahre alt war, eine Schwangerschaft. Das Rätselraten um die Erkrankung klärte sich dann nach vielen Monaten doch auf. Diagnose – Krebs. Es folgten damals die üblichen Behandlungsmethoden, die, durch die Fehldiagnosen verlorene Zeit, nur noch lindern, aber nicht mehr heilen konnten. Unsere Mutter verstarb mit 66 Jahren.

Bei der Beerdigung musste ich sehr Weinen, aus Trauer im Herzen und Wut im Kopf. Es war mir nie gelungen mich mit meiner Mutter auszusprechen. Vor allem die Bevorzugung meines jüngeren Bruders und die vollständige Ignorierung meiner Leistungen ärgern mich sehr. Sobald ich diese Themen ansprach, begann sie zu weinen und unterdrückte damit ein weiteres Insistieren meinerseits.

Die größte Sorge meines Vaters war es, dass er auch bald sterben müsste. Das größte Problem für ihn war dabei, dass die Grabstelle neben seiner Gattin erst in vier Jahren frei wurde. Er überlebte sie um 14 Jahre !

Vor ihren Tod verpflichtete meine Mutter noch meine Frau sich um meinen Vater, ihren Mann, zu kümmern. Obwohl die andere Schwiegertochter über der Straße im Haus meiner Eltern wohnte, verlangte sie diese Zusage. Meine Frau fuhr auch jeden Herbst und jedes Frühjahr für ein paar Tage hin und bereitete das Haus meines Vaters für die Saison vor.

Mit dem Tod unserer Mutter war auch rein rechtlich ein Erbfall eingetreten. Als genügend Zeit vergangen war, fragte ich meinen Bruder, ob er etwas unternehmen würde. Da er es verneinte, war für mich die Sache auch erledigt. Eine der schlimmsten Fehleinschätzungen meines Lebens.

Wie sich nach dem Tod meines Vaters herausstellte, gab es ein gemeinsames Testament. Sie verfügten darin, dass der Überlebende die letzte Entscheidung über die Aufteilung der Hinterlassenschaft meiner Eltern verfügen darf. Leider hatte ich von diesem Testament keine Kenntnis. Es hätte mir die

Möglichkeit eröffnet, mich in den Grundbüchern mit 25 % eintragen zu lassen. Ich war einfach zu vertrauensselig !

## Mein Vater stirbt

Wie bereits erwähnt kam mein Vater sehr krank aus dem Krieg zurück. Vor allem Magengeschwüre machten ihm das Leben scheinbar zur Hölle. Rollkuren mit diversen Mitteln brachten auch keine dauerhafte Linderung. Und so legte diese Krankheit meinen Vater immer wieder lahm.

Auf der anderen Seite hatte mein Vater einen sagenhaften Lebenswillen. Trotz Magengeschwüren und acht monatiger Haft im Stasistaat ging er immer wieder an sein Tagewerk. Unterbrochen nur durch die Attacken seines Magens und damit verbundenen Sterbensängsten.

Irgendwann kollabierte der Magen und die Geschwüre brachen durch. Jetzt stand sein Leben wirklich auf der Kippe. Die nachfolgende Operation rettete nicht nur sein Leben, sondern brachte auch dauerhafte Verbesserung seiner Lebensqualität. Jetzt gab es täglich einen großen Cocktail Tabletten. Die Angst vor einem frühen Tod blieb.

Richtig ernst wurde es noch einmal, als ein Aneurysma am Herzen diagnostiziert wurde. Mein Vater war immer schon nicht sehr kräftig und so kam er nur noch als Schatten aus dem Krankenhaus. Mit seiner positiven Einstellung und seinem Lebenswillen erholte er sich sehr schnell. Auch ein Aufenthalt im Altersheim tat ihm gut. Leider war der Aufenthalt zeitlich begrenzt. Also bemühten wir uns für ihn einen Patz in unserer Nähe zu bekommen. Wir fanden ein sehr schönes Seniorenheim. Relativ neu gebaut und direkt am See ideal gelegen. Aber er lehnte ab. Er wollte seinen Geburtsort auf keinen Fall verlassen. Also reifte der Gedanke, an das Haus meines Bruders, in dem er wohnte, einen Fahrstuhl anzubauen. So hätte er problemlos weiter dort wohnen können, ohne die lästigen Treppen dauernd laufen zu müssen. Der Fahrstuhl sollte vom Keller nach Parterre, wo sich die Küche befand, weiter in den ersten Stock gehen, wo sich das Wohn- und das Schlafzimmer befanden. Ich ging natürlich davon aus, dass wir, also mein Bruder und ich das finanzieren würden. Aber auch das lehnte mein Vater kategorisch ab. Mein Vater wusste um die finanziellen Probleme meines Bruders und wollte ihn scheinbar nicht weiter belasten.

Ungefähr zwei Jahre vor seinem Tod schickte er mich zu meinem Bruder. Er meinte, wir müssten uns über das Erbe unterhalten. Ich hielt das zwar für unnötig, da ich davon ausging, dass das Erbe gesetzlich zwischen meinem Bruder und mir geteilt werden würde. Aber er bestand darauf. Mein Bruder stand gerade auf der Leiter und schraubte an einem Lüster. Als ich ihm den Wunsch meines Vaters überbrachte reagierte er ziemlich gereizt – Da gibt es nichts zu besprechen! Ich schob die brüske Antwort auf die Tätigkeit, die er gerade ausführte. Ich wäre nie auf die Idee gekommen, dass es ein Testament gab und man mich nicht informiert hat.

Das Leben ging weiter, die Zeit verging. Zwischendurch kamen immer wieder Hiobsbotschaften, aber zum Glück erwiesen sie sich nach ein paar Tagen als unbegründet und mein Vater lebte sein Leben weiter. So kam es, dass wir gar nicht reagierten, als uns die Nachricht erreichte, dass mein Vater kurz vor Weihnachten ins Krankenhaus eingeliefert wurde. Am ersten Feiertag kam die Nachricht, Vati ist gestorben. Mein Vater war gerade vom Beerdigungsinstitut abgeholt worden, als mein Bruder erschien und mir das Testament überbrachte. Ich legte es achtlos beiseite, was sollte da schon drinstehen. Noch vor der Beerdigung befasste ich mich damit. Das Entsetzen bei mir kannte keine Grenzen. Aber es kam noch schlimmer. In der Trauerhalle waren die Plätze, die eigentlich mir, als ältesten Sohn, und meiner Familie zustanden durch meinen Bruder und seiner Familie belegt. Auf der frischen Grabstelle wurden die Kränze und Sträuße von meinem Bruder gut sichtbar ganz nach vorn gelegt. Die Kränze und Sträuße von mir und meiner Familie wurden ganz nach hinten gelegt. Man hätte schon an die Friedhofsmauer klettern müssen, um die Schleifen lesen zu können.

## Das Testament

Bevor ich überhaupt mir die Zeit nahm, das Testament zu lesen, stand schon das Ausräumen des Hauses an. Mein Bruder verkündete, dass er nichts von den Sachen meines Vaters haben wollte. Da wir gerade für unsere Kinder und deren Familie auf unserem Grundstück eine Ferienwohnung einrichteten, hatten wir natürlich Bedarf an vielen Dingen aus dem Haushalt meines Vaters. Zum Glück hatte ich mit meinem Bruder vereinbart, dass er auf einem Zettel schreiben solle, was er eventuell doch noch haben möchte. Bei der ersten Fahrt nahmen wir Dinge mit, die wir am besten für die Ferienwohnung gebrauchen konnten. Als wir zum zweiten Mal zum Haus meines Vaters fuhren, lag ein Zettel auf dem Tisch, auf dem alles vermerkt war, was für uns noch von Interesse war. Wir machten auf den Hacken kehrt, warfen den Schlüssel in den Briefkasten von meinem Bruder und fuhren nach Hause.

Bereits vorher hatte mein Bruder mir den Zugang zum Geräteschuppen meines Vaters verwehrt, mit dem Hinweis, dass alles, was darin ist, ihm gehört. Wohl bemerkt, auf dem Grundstück, das mein Vater bewohnte und bewirtschaftet hatte. Mir fehlen bis heute die Worte, wenn ich daran denke.

Nun wurde es höchste Zeit, dass ich mich mit dem Testament befasste. Der Paragraph 1 auf der ersten Seite sagte, wie bereits erwähnt, dass wir zu gleichen Teilen erben. Ab der zweiten Seite kam es dann aber dicke. Als erstes wurde meinem Bruder zu Gute gehalten, dass er zwei Mal meinen Eltern nach der Wende einen alten Mercedes überlassen hat. Völlig fehlte, dass wir meinen Eltern vor der Wende einen Lada

Kombi zum Zeitwert überlassen hatten. Das hieß, wir haben damals auf gut 40 Tausend Ostmark verzichtet, die wir locker beim Verkauf bekommen hätten. Aber meine Eltern gingen vor. Dass der Wagen nach dem Mauerfall nichts mehr wert war, war nicht abzusehen. Die 40 Tausend Ostmark wären dafür mehr wert gewesen, als die zwei alten Mercedes von meinem Bruder zusammen.

Damit nicht genug. Mir wurden angebliche Geldleistungen angerechnet, die nie bei uns angekommen sind. Dafür fehlten die mehreren 10 Tausend DM Zuwendungen an meinen Bruder, die meine Frau in den Unterlagen meines Vaters nachweisen konnte.

Das mein Bruder die, zu einem Einfamilienhaus aufgeblähte Garage zu beanspruchen hat, war klar. Das er aber alle drei Grundstücke und das Haus meiner Eltern erhält, war nicht zu erwarten. Darüber hinaus erhielt er auch noch unser Elternhaus ohne Bedingungen. Mir war noch zu Lebzeiten unserer Mutter zugesagt worden, dass das Haus im Zustand der Übergabe geschätzt wird und dieser Wert Basis für das Erbe wird. Mein Bruder konnte sich natürlich an diese Absprache nicht erinnern, obwohl sein Schwiegervater die Expertise anfertigen sollte. Mir wurden die Spareinlagen meines Vaters zugesprochen. Als mein Bruder von diesen Konten auch noch die laufenden Kosten für seinen Pkw nach der Beerdigung meines Vaters abbuchen ließ, platzte mir endgültig der Kragen und wir schalteten einen Rechtsanwalt ein. Als er das Testament gelesen hatte konstatierte er nur, dass er so etwas hinterhältiges in seiner Praxis noch nicht hatte. Auch die Notarin, die das Testament aufgesetzt hatte, wies meinen Vater und wahrscheinlich auch meinen Bruder darauf hin, dass das auf eine Enterbung für mich rausläuft. Am Rande bemerkt, um das Testament anzufechten, hätte ich meine Tochter, die als Ersatzerbe eingesetzt war, verklagen müssen.

Ein Trumpf blieb mir aber. Als meine Mutter starb, hatte sie doch ein Testament hinterlassen. Da ich erst nach dem Tod meines Vaters davon Kenntnis erhielt, war ich berechtigt, mich im Grundbuch eintragen zu lassen. Das tat ich dann auch. Diese Aktion traf dann meinen Bruder auch erwartet heftig. Es nutzte aber nichts. Ich wollte nur noch eine endgültige Klärung. Mein Rechtsanwalt rechnete mir einige entgangenen Leistungen aus dem Testament meiner Mutter auf. Erst als mein Bruder bezahlte, hatte ich mich aus dem Grundbuch streichen lassen.

Da mein Bruder scheinbar überhaupt kein Gerechtigkeitsgefühl hatte, willigte ich auch in alles ein. Soll er doch mit dem erschlichenen Erbe glücklich werden. Nur auf eines bestand ich. Mein Vater hatte verfügt, dass wir beide uns um die Grabpflege zu kümmern hätten. Das verweigerte ich grundsätzlich.

Als drei Jahre nach der Beerdigung der Grabstein immer noch nicht aktualisiert war, nahm ich mich der Sache an. Der ursprüngliche Lieferant der Grabstelle vertröstete mich das eine um das andere Mal. Wahrscheinlich hatte er schlechte Erfahrungen gemacht. Ein anderer Steinmetz war schnell gefunden und der lieferte sehr ordentliche Arbeit zu einem akzeptablen Preis ab. Leider landete die Rechnung nicht bei mir, sondern bei meinem Bruder. Der zahlte die Rechnung wütend. Ich hatte eigentlich gehofft, dass ich durch diese Aktion wieder mit meinem Bruder ins Gespräch komme.

## Psychiatrie

Der Streit um die Erbschaft, den mein Bruder selbst ausgelöst hat, warf ihn endgültig aus der Bahn. Dazu kamen seine Spekulationen, mit der er schnell reich werden wollte. Bei der er allerdings die primitivsten Grundregeln bei Spekulationen missachtete. Das ganze Lügengebäude, das er um sich herum aufgebaut hatte, brach plötzlich zusammen. Schwere Depressionen plagten ihn. Gleichzeitig war er völlig unfähig seine eigenen Angelegenheiten wieder auf die Reihe zu bringen und selbst wieder in die Spur zu kommen.

Wir bekamen durch Zufall mit, dass er sich selbst in eine psychiatrische Klinik eingeliefert hat. Also versuchten wir, mit den behandelnden Ärzten in Kontakt zu kommen. Wir glaubten tatsächlich, dass man ihm dort wirklich helfen wollte. Aber weit gefehlt. Es ging, wie im Gesundheitswesen häufig, nur darum, etwas zum Abrechnen zu haben. Die Hintergründe und damit eine vernünftige Basis für eine erfolgreiche Behandlung zu bekommen, interessierte überhaupt nicht. Wie zu erwarten, war die Behandlung nur von mäßigem Erfolg gekrönt. Mein Bruder begann verstärkt durch religiöse Aktivitäten sein Leben in den Griff zu bekommen. Außerdem setzte er seine schriftstellerische Tätigkeit fort, die ihm schein bar auch guttat. Konnte er doch so die Welt beschreiben, wie er sie sah und auf die vermeintlich ihm böse gesinnten Menschen verweisen.

## Nachwort

Vieles was hier geschrieben wurde, kannte ich schon aus den Erzählungen meines Mannes.

Damals kam ich in die heile Familie meines Mannes mit jungen Eltern. (im Gegensatz zu meinen) Nach anfänglichen Schwierigkeiten habe ich mich mit meiner Schwiegermutter sehr gut verstanden. Sie war mir eher eine Freundin als eine Mutter. Ich konnte sie alles fragen und bekam auch immer eine Antwort. Gefragt hat sie nie, was ich aus der Antwort gemacht habe, was sie ruhig hätte tun können. Ich habe es auch sehr bedauert, dass sie so früh gestorben ist. Ich muss oft noch an ihre Sprüche denken. Einer davon lautete :

„Wer nicht arbeitet braucht auch nicht essen."

Ich finde den Spruch heute besonders treffend, da jeder weiß, welche Rechte er hat. Die Pflichten werden oft und gern vergessen.

Die Philosophie der Familie habe ich erst sehr viel später erfahren. Es wurde doch vieles vertuscht, schöngeredet und unter dem Teppich gekehrt. Nach außen war alles á jour.

Dass man als Eltern einem Kind, das schwächer ist als die anderen, mehr unter die Arme greift, ist auch selbstverständlich. Nur was hier von Seiten meiner Schwiegereltern bezüglich meines Mannes und meines Schwagers geschehen ist, ist eigentlich unbegreiflich und unfassbar. Für mich ist es besonders unbegreiflich, da ich mich mit meinem Schwiegervater immer gut verstand. Seine Macken kannte ich, auch seine Sprüche :

„Wer seine Beine unter meinen Tisch stellt, hat zu tun, was ich sage !"

Nach dem Tod meiner Schwiegermutter war ich regelmäßig bei ihm und wir putzten gemeinsam das Haus, obwohl die andere Schwiegertochter auf der anderen Straßenseite in seinem Haus wohnte. Warum er so ein hinterhältiges Testament verfassen ließ und uns nicht vorwarnte, ist bis heute mir unbegreiflich.

Das ganze Ausmaß kam erst nach der Testamentseröffnung und Testamentsvollstreckung zum Vorschein. Wie kann man zwei gleich erfolgreiche Brüder (beide haben studiert) derart zum Teil vorsätzlich ungleich behandeln.

Ich habe heute ein gespaltenes und distanziertes Verhältnis zu meinen verstorbenen Schwiegereltern.

*Margitta Ehritt geborene Fährmann*

Zeitfracht Medien GmbH
Ferdinand-Jühlke-Straße 7
99095 Erfurt, Deutschland
produktsicherheit@kolibri360.de